「こちらが私の婚約者となる女性だ」
手を軽く引かれて前に出されたので、私は腹を括る。
もう破れかぶれだ、どうとでもなれ。

「お姉さまが幸せになれるのなら、
それでいいんですけど」
プリシラ
コルテス子爵家の次女。姉の身代
わりとして王子の婚約者となった。
「こうなっては致し方ない。
私の婚約者になってもらう。」
レオカディオ
セイラス王国の第三王子。誕生祝賀会
の場で婚約発表予定だったアマーリア
に運命の出会いをされてしまう。

「美しい人、貴方の名をその魅惑的な唇で私にお教えください」
ウィルフレド
キルシー王国の第二王子。レオカディオの友人で、アマーリアと運命の出会いを果たす。
「殿下のお耳を汚す無礼をお許しください。わたくしは、アマーリアと申します」
アマーリア
コルテス子爵家の長女。控えめな性格だったが、運命の出会いを経て積極的になり――？

「ああ、そうか……」

「な、なんですか」

「私は、コルテス領で一番美しい蒼玉を手に入れたのか」

「な」

「君の瞳は、蒼玉のように美しいな」

「……え」

「私の、蒼玉」

それだけ言うと、レオさまは目を閉じて、
そしてまた安らかな寝息を立てだす。

姉の代わりの急造婚約者ですが、
辺境の領地で幸せになります！
～私が王子妃でいいんですか？～
新道梨果子
Illustration tanu

もくじ

口絵・本文イラスト＊tanu

デザイン＊C.O2 design

プロローグ　二人の邂逅《かいこう》と、それに伴う幕開けについて

彼らの出会いを、運命と呼ばずしてなんと呼べばいいのだろう。

けれど少なくとも今このとき、その邂逅を望む者は誰一人としていなかった。二人の間に立ちはだかる障壁は、高く険しく困難に満ちていると、誰もが不安を覚えずにはいられないものだった。

出会ってはいけなかったと、いつか悔いる日もくるのだろうか。

いや、そんなはずはない。

二人は出会うべくして出会ったのだ。

たとえ今日、この場で巡り合わなかったとしても、必ずどこかでお互いを見つけるのだろう。

彼女の潤んだ琥珀色《こはくいろ》の瞳が、彼を捉えて。

彼の紅玉色《ルビーいろ》の瞳は、彼女にのみ向けられる。

いつだって、どこでだって、彼らは必然のように惹《ひ》かれ合《あ》うに違いない。そうそれは、心が震える旋律には耳を傾けずにはいられないかのように、抗うことはできない魂の衝動――。

そして美しい極上の音楽は、彼らの出会いを祝福するように流れ続けるのだ。

「ああ、あなたに出会えたこの幸運を、神に感謝したい」

彼は彼女にそう囁《ささや》いた。

しかしそんな彼の心に同調する者は、その場には皆無だっただろう。すべての人が危惧するほど

に、二人の出会いは許されざるものだった。

神はなんということをしでかしてしまったのか。

今、この場がセイラス王国第三王子の誕生祝賀会でなければ。

彼女がその第三王子の婚約者でなければ。

彼が隣国の王子でなければ。

けれどそんな仮定の話などなんの意味もないと、彼らを見守る人々は理解していた。

ひとつだけ、皆の心に浮かぶ確信にも似た思いがあったのだ。

間違いない。


これ、世紀の大恋愛とかに発展するやつだ……！


なんとかしなければ。

誕生祝賀会を催していた人々が抱いた焦燥感に押されるかのように。

私の背中がドンッと勢いよく押された。

「行け！」

「そんな気してた！」

そうして私は第三王子の急造の婚約者になったのだった。

何度でも言うけれど、私はまったく悪くない！

1．第三王子と姉の婚約

私のお姉さまは美人だ。

身内の欲目もあるのかもしれないけれど、夜会で一目見ただけの殿方からの求婚の手紙が、引きも切らず屋敷に届けられるのだから、一般的に見ても美人なのだと思う。

透けるような白い肌。たおやかな身体の上に乗った小さな顔。美しく配置された大きな琥珀色《こはくいろ》の瞳。それを縁取る長い睫毛《まつげ》。すうっと通った鼻筋。蠱惑的《こわくてき》な厚い唇。そして流れるようなプラチナブロンドの髪が、整った顔立ちを囲うように彩る。

あまりに美人なものだから、お父さまは日々届く恋文を吟味しまくっている。

「うーん……こちらは爵位がなあ……。後添《のちぞ》え？　なんだこいつは、ふざけてやがる。ああ、こちらは財政状況があまり良くないと聞いたしな……」

お父さまはぶつぶつと、相手方の品定めをしながら恋文を開封していく。宛先のはずのお姉さまは、それらの文《ふみ》を読んだことはないらしい。

我がコルテス子爵家は、王都から遠く離れた領地を持つ田舎貴族だ。領地内はゴツゴツした岩肌が見えるような山ばかりで、農産物も多くなく、川はいくつか流れているけれど海に接してはいないので、海産物も期待できない。代々の子爵は、特に目立った功績があるでもない。

本来ならば、嫁ぎ先を吟味するような立場にはないのだが、絶世の美女、という付加価値が付いたお姉さまにはそれが許された。

私は鏡の中を覗《のぞ》き見《み》る。

いや別に、そんな風にたくさんの恋文が欲しいわけではないのだけれども、ちょっと気にはなる。

そう、気になるだけだ。羨ましいわけではない、断じて羨ましいわけではないのだ。

鏡の中の私は、お姉さまに似ても似つかないということはない、と思う。ないけれど、根本的に系統が違う。

姉妹だからやっぱり似ているところもあるのだけれど、お姉さまのような儚《はかな》げな美貌だったらよかったなあ、とちょっぴり思わなくもない。うん、ちょっぴり。ちょっぴりだけ。

「ふわふわの金髪と、蒼玉色《サファイアいろ》の瞳はなかなかだと思うんだけどなあ」

頬に手を当てて、鏡の中の自分をそう褒めていると、廊下から私の部屋を覗き込んでそれを見ていたお母さまが、呆《あき》れたように口を出してきた。

「プリシラは、やたら外に出たがるから、日に焼けてしまうのですよ」

「お母さま」

お母さまは腰に手を当てて、ため息交じりだ。

「アマーリアはお部屋で大人しくお勉強をしているから、あの陶器のような肌なのです」

うっ、話が嫌な方向へ。

「あなたは昔から木登りだの乗馬だのに興味を示していたから、なんだか少したくましいし」

……たくましい。そうでもないと思うんだけど。

けれど思わず左腕を上げて力こぶを作ってみせた。右の人差し指で、ちょいちょいとこぶになったところをつついてみる。うーん、少し硬いかも。

そんなことをしている私を見て、お母さまはますます呆れ顔だ。

「いつもいつも習い事から逃げるばかりで」

「いつもってことはないです」

ごくたまに。

「いったいいつも、どこに逃げているのです？」

私の反論は聞いてもらえないようだ。いつもじゃないのに。

「そろそろ白状なさい」

嫌だ、答えたくない。

「えーと、ですね」

そろそろとお母さまの立つ入り口のほうに向かう。

そして隙を見て、脇をすり抜けて部屋から駆け出した。

「あっ、待ちなさい、プリシラ！」

そう声は掛けられるけれど、追いかけてはこない。これはいつものことだ。たぶん、もう諦めてしまったのだろう。

白状なんてしません。

あれは秘密の場所なんです。一人になりたいときに行く場所なんです。

だから、誰にも内緒なんです。

タッタッと廊下を駆けていると、曲がり角から誰かが出てきて、私は慌てて足を止める。なんとか間に合った、とほっと胸に手を置くと。

「まあ、プリシラ。どうしたの、そんなに急いで」

「お姉さま」

「もしかして、またお小言から逃げているの？」

くすくすと笑いながら、お姉さまがそんなことを訊《き》いてきた。

「その通りです」

「まあ」

口元に手を当てて、楽しそうにうふふ、と笑っている。

そうしていても、何をしていても、我が姉ながら絵になるなあ、などと感心してしまう。

するとお姉さまは、こちらに手を差し出して魅力的な提案をしてきた。

「いらっしゃい、プリシラ。実は焼きたてのクッキーがあるのよ。お茶会をしようと誘いに来たの。それとも、またどこかに隠れるの？」

「いいえ！　ご一緒します！」

「それはよかったわ」

そう言ってにっこりと微笑む。

綺麗《きれい》で、優しくて、いつも私を可愛がってくれる。

お姉さまは私の、自慢のお姉さまだった。

◇

そしてその絶世の美女であるお姉さまは、特に自己主張をする性格ではないときた。

「わたくしは、お父さまがお決めになった方に嫁ぐのが、一番幸せなのだと思います。お父さまが選んでくださった方なら間違いないのですもの」

美しい微笑みを湛《たた》えて、お姉さまがそんなことをのたまう。

いいのかそれで。

女として、それでいいのか。

私はそう思うけれど、貴族の娘としてはこれ以上なく正しい考え方なのだろう。

あまりに期待を一身に受けてしまった姉のお陰で、自由気ままなふるまいを見逃されてきた私は、なんだか申し訳ない気持ちになる。

「お姉さま、お嫌なら嫌って言ったほうがいいです」

そう私が力説すると、お姉さまは困ったように眉尻を下げるのだった。

「嫌だなんてことはないわ、プリシラ。わたくしは本当に、お父さまがお決めになられた嫁ぎ先に行きたいと思うの」

口調はとても柔らかいけれど、お姉さまはその信条を覆すことはなかった。

だから私はお父さまに直談判することにした。

「お父さま、そりゃあ家のためを考えなければならないのはわかります。けれど嫁ぐのはお姉さまなんですから、お姉さまの意見も訊いたほうがいいと思います」

お父さまの書斎に行き、膝を突き合わせてそう主張してみたのだけれど、お父さまもこれまた意見を変えることはなかった。

「アマーリアが嫌だと言ったのか？」

「いえ、お姉さまは言っていませんけど……。でも、なにも考えずにただ受け入れているだけのように見えるんです。せっかく選べる立場なのだから、お姉さまの意向を訊いてみてはいかがですか。せめてお姉さまが文を読むとか」

「そう思うかもしれないが、アマーリアが決めて欲しいと言っているんだ。それに、世間を知らないアマーリアが選ぶより、コルテス子爵家の家長である私が選んだほうが、アマーリアにとっても良い嫁ぎ先を決められると思う」

本当にそんなことを思っているのかどうかはわからないけれど、お父さまの言うことにも一理ある。

でもなあ……、と考えていると、ぽんとお父さまは手を叩《たた》いた。

「わかった」

「わかってくださったんですか！」

「プリシラは、アマーリアが嫁ぐのが寂しいんだな」

にこにこしながらそんなことを口にする。

私はがっくりと肩を落とした。わかってなかった。

まあ、寂しい、という気持ちがまったくないわけではないけれど。

「いや、今、そういうことは」

「わかるよ。もちろん私も寂しい。けれどアマーリアの幸せのために、私たちは我慢しなければ」

お父さまはいかにも悲しげに、眉を曇らせた。

嘘《うそ》だ。うっきうきでお姉さま宛ての文を読んでいたくせに。

というか、話を完全にすり替えている。

「あのですね、お父さま」

私は今、お姉さまの希望を訊いたらどうかという話をしているわけで、嫁いで欲しくないと言っているわけではないのだ。

「そうかそうか、プリシラは寂しいいか」

「いえ、ですから」

「けれどプリシラだって、いつかは嫁ぐんだぞ」

うっ、これは。

あんまり嬉《うれ》しくない方向に舵《かじ》が切られた。

「今はアマーリアがいるからな、お前に恋文は一通も届かないが」

「一通も」

嫌なこと聞いた。

「アマーリアが嫁いで落ち着いたころには、プリシラにもそういう話が来るだろう」

「そう……ですか」

「そのときは、私がちゃあんと吟味してやるからな。楽しみにしておけよ」

お父さまはふんぞり返って、はっはっは、と大きく口を開けて笑う。

私も十七歳。そろそろ婚約者ができてもおかしくない年齢ではある。けれどそうか、一通も来ないのか……先行き不安ではあるなあ。

「アマーリアほどの美女ではないにしろ、プリシラだって愛嬌《あいきょう》のある顔をしているからな」

ぶん殴りたい。

しかし話を逸らされたせいで、なんというか、戦意が削がれた。

「プリシラ」

「はい……」

「アマーリアが嫌だと言っていない以上、お前の心配も杞憂《きゆう》かもしれないぞ。もしかしたら、余計なお世話かもしれない」

落ち着いた声音でお父さまが語り掛けてくる。

やっぱり私の考えを把握しているんじゃないか。

まあでも確かに、お姉さまが嫌だと主張していないのに、私がそれに口出しをするのはおかしいのかもしれない。

お父さまが『良い嫁ぎ先』を選ぶことを、押し付けだと私が感じているように。

私が『自分で決めろ』というのも、お姉さまにとってはただの押し付けなのかもしれない。

「お姉さまが幸せになれるのなら、それでいいんですけど」

「もちろん私もそれを一番に考えているよ」

そう答えると、お父さまは柔らかく微笑んだ。

◇

そんな選り好みをしている間に、転機がやってきた。

我がコルテス子爵家の領地から、蒼玉《サファイア》が発掘されたのだ。

その蒼玉はとても質が良く、しかも大量に採掘できるのではないかと見込まれた。

お父さまは当然、それを王城に報告した。我がコルテス子爵家では手に余ったのだ。

採掘場に警備を置くのも限界があったし、採掘作業には人件費や工具などの経費もかかる。そうして採掘したとして、加工技術だって持っていないし販売経路もない。

だから、王城に買い取ってもらうのが一番手っ取り早くて安全だ、とお父さまは結論付けたのだ。

その報告を受けた王城からは、速攻で使者がやってきて、採掘場は王城の管理下に置かれた。

「これは素晴らしい。不純物がほとんど入っていない」

採掘され、磨き上げられた蒼玉は、キラキラと輝いていた。

とはいえ、発見されたのは我がコルテス領で。もちろん利益の一部は租税として王城に納められるが、主《しゅ》として利益は我が領のものとなる。

「どうだろう」

蒼玉が発見されてから三月《みつき》ほど経ったある日。王城の使者はこう申し出てきた。

「そちらのアマーリア嬢を第三王子の妃として貰《もら》い受けたい。これは、陛下の思《おぼ》し召《め》しである」

恭《うやうや》しく述べられるその婚約の申し込みを断る、などという選択肢はなかった。

「これはなんとありがたいお話か」

お父さまはもちろんその話を受けた。いや、たぶん、待っていた。

だってお姉さまに送られてくる恋文を、蒼玉が発見されてからは見てもいなかったのだから。

◇

それからとんとん拍子に話は進んだ。

お姉さまは言うまでもなく、異を唱えはしなかった。

「このような素晴らしい縁談、わたくしの身に余ることではありますが、謹んでお受けさせていただきます」

と、いつものように口元に笑みを浮かべて返答していて、お父さまと王城の使者は満足げにうなずいていた。

でも、あまりにもいつもと同じ微笑みで、私は逆に心配になる。ことさらに喜んだりもしないし、驚きを表したりもしないし、戸惑ったりもしていない。

その様子を見た私は、お姉さまは本当に、結婚とは決められたお相手とするものだと思っていたんだ、と納得すると同時に驚いてしまった。

そしてある日、婚約発表を行うため、王城で開催される夜会にお姉さまはもちろん、家族全員で出席するようにと指示された。

その夜会は、第三王子の誕生日の祝賀会なんだそうだ。

「つまり、誕生会に集まった方々に、『婚約しました』と発表するわけだな」

そのために王城に向かう馬車にゴトゴトと揺られながら、私はお父さまの話を聞いている。

お父さまとお母さまとお姉さまと私、四人で馬車に乗っているわけだけれど、王城が用意した馬車なので、広々としていて窮屈ではない。

「それまで、婚約したことは触れ回るんじゃないぞ」

お父さまはそう念押しする。主に私に。

なぜか王城の使者に、「発表まで黙っておくように」と強く言い含められたのだ。

「なぜかしら」

お母さまが頬に手を当てて、首を傾げる。

「驚かせたいんじゃない？」

私がそう答えても、誰も反応しない。無視された。なぜだ。

「なにかしら、理由があるのでしょう」

落ち着いた様子で、お姉さまがそう発言する。

いやそりゃあ、なにかしらの理由はあるんだろうけれど。

「なんだか不安になるわ。だって直前で婚約話を反故《ほご》にされても、誰もわからないわけでしょう？」

だからギリギリまで黙っておけと言われているのではないか、とお母さまは懸念を口にする。

蒼玉が発掘されて、穏便にコルテス子爵家と強い繋《つな》がりを持ちたい、いやたぶん、ゆくゆくは第三王子の領地にしたいという思惑があるとはいえ、相手は我がセイラス王国の王子だ。他にいくらでも良い縁談が転がり込んでくる可能性はある。

婚約内定とはいえ、あくまで内定。公にされるまでは、あちらの都合でいくらでも白紙に戻せる状態なのだ。

直前になって、もしもっといい条件の縁談が持ち上がったら？　悩むまでもない、こちらを切り捨てればいい。

だって相手は王家だし。こちらは弱小子爵家だし。もし婚約に至らなくとも、私たちは黙り込むことしかできない。

もしかしたら、そういった不測の事態に備えているのかもしれない、と思う。

だいたい、お姉さまとその第三王子はまだ顔を合わせてもいない。実は第三王子がものっすごいワガママ王子で、お姉さまを気に入らなくて「やだ！」とか言い出しそうな人なんだろうか。

第三王子。レオカディオ殿下。そのお姿は見たことはないけれど、とても聡明《そうめい》でお優しい人柄で、そして見目麗しい方なのだそうだ。世間での評判は、概ねそうなっている。

嘘くさい。とっても嘘くさい。

いくら王子とはいえ人間なんだから、そうそう完璧でいられるわけがないと思う。

とはいえ、王子の悪評を広めるなんて不敬以外の何ものでもないから、そういう評判しか知られていないのは、まあ当たり前の話ではある。

御年十七歳で私と同い年。十九歳であるお姉さまよりも二つ年下。

そう考えると十七歳である自分が自分だけに、同い年である『第三王子がワガママ説』を払拭することができないなあ、と心の中で考えた。

まあ、お姉さまを気に入らないなんて、まずありえないけどね。

「あなたは、なにも聞かされていないの？」

お母さまがお父さまのほうを見てそう訊くが、お父さまは腕を組んでうーん、と唸《うな》るだけだ。当然、聞いていないということか。

馬車の中が、なんだか暗くなってきた。

これはいけない。重い空気は苦手だ。

「でも万が一、婚約に至らなくたって、夜会を楽しんで帰ればいいじゃないですか」

私がそう明るい声を出すと、三人はいっせいにこちらに振り向いた。

「美味しいものを食べて飲んで。王子殿下のお誕生日を祝って。気持ちよく踊って。私はとっても楽しみです」

そう語ると、三人は何度か目を瞬かせたあと、小さく笑った。

実際、主役は私ではないので、楽しみはそれくらいだ。

領地の利益がどうのこうのも、実はそんなに気にしていない。

降って湧いた第三王子とお姉さまとの縁談が、どうにも実感が湧かないものでもあるし。

「そうか、そうだな」

「どちらにしろ、わたくしたちは従うしかないのだし」

「わたくしは、お父さまの良いようにしていただければと思います」

三者三様、という反応ではあったが、どうやら私の言葉で馬車の中は和やかになったようだ。よかったよかった。

どことなく緊張してピシリと座っていた私たちは、少しばかり姿勢を崩して深く腰掛ける。

なにせ王城が用意した馬車。座り心地は抜群で、緊張さえしていなければ、これほど快適なものもない。

そうして口の滑りが良くなった家族は、会話を弾ませる。

「王家主催の夜会など、久しぶりだな」

「結婚してすぐのころでしたかしら」

「そうだな、すごく規模の大きな夜会で。我が家のような弱小貴族も招待された」

「とても素敵だったわ」

「まあ、そのお話聞きたいわ。わたくしは初めてなんですもの」

あはは、うふふ、と馬車の中に陽気な笑い声が響く。

気を抜き過ぎではないかな、と思わないでもなかったけれど、まあなるようになるでしょう。

2．誕生祝賀会にて

夜会に出席している殿方という殿方が、お姉さまのほうに振り返る。

憧れるような熱っぽい眼差しで、ぼうっとお姉さまの姿を目で追う。

そして殿方の隣にいる女性たちが眉根を寄せて肘で男性の脇腹をつつくまで、皆がほぼほぼ同じ動きで、逆に感心してしまう。

私たち家族は、夜会が開催される広間に案内され、数多の招待客と同じようにそこにいた。

お姉さまの美貌に視線は集まるが、だからといって特別な扱いを受けるわけでもない。

しかしたまには探りを入れてくる人もいる。

「これはこれは、コルテス卿《きょう》」

「ああ、御無沙汰しております」

「実は小耳に挟んだのですが」

「ほう？　なんでしょう」

「今宵の主役はそちらの令嬢ではと噂《うわさ》されていますが？」

「はは、主役だなどと畏れ多い。もちろんレオカディオ殿下が主役にございましょう」

お父さまはさすがに顔見知りがいくらかはいるらしく、そんな風に話し掛けられては、それなりに躱《かわ》している。

どうやらお姉さまが第三王子と婚約するのではと推測はされているようなのだが、まだ確信は持てない、といった状況らしかった。

結局、王城に到着して事ここに至るまで婚約話は普通に進んでいるのか、特に変わったことはない。

入城して、宿泊する部屋に案内され、夜会の準備を行い、そして今、広間にいる。

もし婚約話が白紙になるだなんてことになっていたら、もっとバタバタするんじゃないかという気がする。

やっぱり驚かせたいだけなんじゃないかなあ、と私は思った。

実は第三王子が婚約なさいます――お相手はこの美女です――おお――、って感じで。

その証拠に、第三王子の婚約者となるのであろうお姉さまには、ドレスも装飾品もすべて用意されていた。白紙になるのなら、ここまでの手厚い準備は必要ない。私は『驚かせたいだけだった説』を推す。

夜会前には、ドレスも手早く細かな補整が入れられて、お姉さまは髪も見たことがないくらいに繊細に編み込んで結い上げられて、高価な化粧品で顔を彩られていた。

その準備の間、お針子さんや侍女たちがお姉さまの周りに群がり、私からはお姉さまはちっとも見えないくらいだった。

そしてすべてが終わって周りにいた人々がいなくなって現れたお姉さまは、いつも以上に輝いていた。

これはすごい、と素直に感嘆した。

ついでに私にもしてもらいたかった。私だって女の端くれだから、着飾ってみたいという願望はあるのだ。期待を込めた眼差しで侍女たちを眺めていたけれど、お姉さまの支度を終えた彼女たちは当然のように早々に部屋を出て行ってしまい、残念な気持ちでいっぱいです。

そんなわけで、婚約話が流れるのではという心配は杞憂《きゆう》だったようだ。

ただ、第三王子殿下とは、未だ対面を果たしていない。

「申し訳ありません、本来ならば夜会前に謁見があってしかるべきなのでしょうが、お時間がご用意できませんでした。明日の昼食において、国王陛下、王妃殿下、王子殿下との会食の準備を進めておりますので、その際に挨拶したいとの思し召しです」

やはりセイラス王国の頂点に立つ方々というものは、お忙しいものらしい。

そしてお姉さまはいずれその一員に加わる、ということなのだろう。

ちら、と隣に立つお姉さまを窺《うかが》う。

数多くの麗しいご婦人たちがこの広間に集まっているけれど、それでもお姉さまはその中で一際輝きを放っていた。

きっと王家の方々の中に入っても見劣りしないんじゃないかと思う。それはとても誇らしい。

「お姉さま、少し休みましょう」

「そうね」

私の提案に、お姉さまは素直にうなずいた。

そうして私たちは二人並んで、壁の花と化す。

「このような大きな夜会に出席などしたことがないから、ちょっと気後れしてしまうわ」

苦笑しながらお姉さまはそんなことを口にする。

「けれどお姉さま、お姉さまはこれからいくらでもこんな夜会に出席なさるのですから、きっとすぐ慣れます」

「そうだといいけれど」

これから第三王子の妃となるお姉さまは、もしかしたらもっともっと規模の大きな舞踏会やら晩《ばん》餐《さん》会《かい》やらに参加することになるんじゃないだろうか。

そのとき、私は傍にいられるのだろうか。

いやきっと、いられない。

お姉さまがいくら王子妃となろうとも、やっぱり私は田舎の弱小貴族の娘という立場からは動かないのではないだろうか。

コルテス子爵家の家長たるお父さまはある程度の恩恵は受けるだろう。領地にだってそれなりに変化はあるだろう。

でもおそらく、私自身にはなんの変化もない。

あの領地の屋敷からお姉さまがいなくなること以外には。

「お姉さま」

私は少しだけ、隣に立つお姉さまに身体を寄せる。

「私、ちょっぴり寂しい」

「まあ、プリシラ」

くすくすと笑いながらお姉さまが私の肩に手を回した。

そして小さく密やかに囁《ささや》く。

「わたくしはいつだって、プリシラの姉よ。どんな立場になったって、わたくしはそのことを忘れたりしないわ。だからプリシラも、いつまでもわたくしの可愛い妹でいて」

「……はい」

お姉さまは優しい。

今言ったことは、間違いなくお姉さまの本音であるだろう。

けれどこれから私たちは、大きな波に揉《も》まれてしまって、その基本的なことを忘れてしまうこともあるのかもしれない。

でも今日のこの言葉をいつでも思い出せるように、心の片隅に置いておこう、と思う。

そのときふいに、広間によく通る声が響き渡った。

「国王陛下、王妃殿下、並びに第三王子殿下のお成りです！」

ざわめいていた広間が一瞬にして、しんと静まり返った。

皆の視線が大きな両開きの扉に集まり、侍従たちの手によってそれがゆっくりと開かれる。

同時に沸き上がる拍手喝采の中、広間にゆるゆるとお三方が入場してきた。

壁の花になっていた私たちも近寄ろうと、そっとそちらに歩を進める。貴族たちが並ぶ列の後ろに紛れ込み、彼らの肩越しから、やんごとない方々に目を向けた。

遠目ではあるけれど、やっぱり彼らはこの広間の中でひときわ異彩を放っていた。なんというか、纏《まと》っている空気が違う。

手のひらが痛くなるほどに拍手をしながら、私はそのお姿を目で追った。というより、目が離せなかった。

国王陛下や王妃殿下も初のご拝顔なので興味深くはあるけれど、その中でも私としてはやはり第三王子殿下が気になる。

「あれが、レオカディオ殿下なんですね」

「ええ」

周りに聞こえないよう、ぼそぼそとお姉さまとそんな言葉を交わす。

お姉さまはにっこりと笑ってそう言うが、その声に特別な感情があるようには聞こえなかった。

「素敵な方ね」

婚約話を受けたときと同じだ。

さすがにこの場で一目惚《ひとめぼ》れ、なんてことはないかあ、と少し落胆する。

私は、威厳たっぷりのお二人のあとについて背筋を伸ばして歩く男性に、また視線を向けた。

少し距離があるからよくわからないけれど、シャンデリアの灯りを受けて、彼の金髪はキラキラと輝いていた。均整のとれた身体つきで、すらりと背は高いがひょろひょろしているという感じはない。

広間の正面、二段の階段を上ったところにある玉座に向かって歩く方々が、私たちのところに一番近くやってきたときに、じっと顔を凝視する。

きりりとした眉に、翠玉色《エメラルドいろ》の瞳。すっと通った鼻筋に、固く結ばれた唇。白磁のような肌に乗る整った顔立ちは、女性的にすら見える。

なんというか、おとぎ話に出てくる王子さまってこういう人です、という感じがした。

うん、素敵、だと思う。これ以上の人ってなかなかいないのではないのだろうか。

私には関係ないはずなのに、なんだか頬が熱くなってきた。

そんな自分をごまかすかのように、美しいお姉さまにふさわしい外見ではあるわよね、やっぱりそれくらいでないとね、と心の中でしか言えない不遜な言葉を思い浮かべてみたりする。

彼らはまっすぐ前を見て歩いているので、今は居並ぶ人たちを個別に認識する気はないのだろうと思っていたけれど、ふと第三王子殿下だけが、ちらりと私たちのほうに横目を向けてきた。

あ、やっぱり婚約者がどんな女性か気になるのかなあ、と思っていると。

目が合った。

しかしそのまま第三王子は歩みを止めることなく、視線を逸らすと目の前から去っていく。

彼は二度とこちらに顔を向けはしなかったので、私はただその背中を見送るだけだった。

そんな風に、一瞬だったし、私たちの間には何人もの人がいたし、目が合ったような気がしただけかもしれない。

でももし本当に目が合ったとしたら。

もしかして勘違いしたのではないだろうか、とすっと身体が冷える。

ああ、違いますよ、私じゃないですよ、私の隣の人ですよ、あなたの婚約者は私のお姉さまで美女ですよ、安心してくださいね、と心の中で呼びかけた。

まあ仮に勘違いしたとしても、きっとすぐに気付くはず。婚約者はすごい美女ですって聞いているだろうし。うん、心配なんてしなくていい。しなくて……いいよね？　だって私、たぶんそこそこ可愛いけれど、美女ではないし。聞いているよね、すごい美女が婚約者だって。どうなんだろう、そこのところ。

どうしよう、ちょっと素敵だったから、なんだか動揺してしまっているのかも。脳内がしっちゃかめっちゃかになっている気がする。

胸に手を当て、ふーっと息を吐く。よし、まずは落ち着こう。

うん、だいたい、目が合ったかどうかも怪しいし。実はちゃんと隣のお姉さまを見たけれど、私が自意識過剰で思い込んでいるだけかもしれないし。

「プリシラ？　気分でも悪いの？」

隣にいたお姉さまが、こちらを覗《のぞ》き込《こ》むようにして問うてくる。

挙動不審になっているのに気付かれてしまったようだ。

「あっ、なんでもないです」

「そう？」

「はい、すごい方々を見て、ちょっと興奮しているだけです」

「まあ」

私の言い訳をお姉さまは素直に信じたようで、くすくすと笑った。

そして、そんな私の動揺にはお構いなく、夜会はどんどんと進行していく。

玉座にたどり着いた国王陛下と王妃殿下のご挨拶。第三王子殿下の皆さまへの来場のお礼。

それから、主だった来賓の方々の紹介。

友好国であるキルシー王国の第二王子までも来ているらしい。第三王子殿下と年が近くて、ご友人なんだそうだ。第三王子殿下の誕生日を祝いに駆けつけたという話で、紹介を受けた彼が手を上げると、またわっと拍手が沸いた。

というか、遠い。ほとんど見えないし、声もあんまり聞こえない。

もう一人の主役であるはずのお姉さまがここにいるのに。

なんだか位置的なものもそうだけれど、やんごとなき立場の方々って遠いなあ、と思う。

王子妃となるお姉さまもあんなに遠くなってしまうのか、と再確認したような気分になった。

◇

そういった一通りの挨拶が終わったあと、国王陛下が声を張った。

「夜会の最後には、レオカディオの喜ばしい報告をしよう。それまで皆、思い思いに楽しんでくれ」

その言葉に一瞬、妙な静寂が訪れたあと、歓声とともに拍手が沸いた。

うん？　今、なにか……。

私が一瞬抱いた違和感を打ち消すように、すぐさま楽団が曲を奏で始め、またざわざわと広間が賑《にぎ》やかになっていく。招待された皆さま方は玉座に挨拶に向かったり、久々に会ったのであろう人たちと話に花を咲かせたり、飲み物を頼んだりし始める。

何もおかしなことはない。夜会というものにほとんど参加したことがない私だから、よくわかっていないのかもしれない。けれど、きっとこれが普通の夜会なのだろう、と思われる時間が過ぎていく。

でも。

なんだろ、今の。

私の胸の中に、一抹の不安が残ってしまった。

首を巡らせると、お父さまとお母さまは私たちの近くでどなたかと挨拶を交わしていて、話し掛けられる状態ではなかった。

うーん。

「お姉さま」

私は、隣に立つお姉さまに視線を移す。

「どうかして？」

お姉さまは小首を傾げて私の言葉を待っている。

一度口を開きかけたけれど、でもこの疑念をお姉さまに伝えてもいいものだろうか、とすんでのところで思いとどまった。

お姉さまは私なんかより、たくさんの心配ごとを抱えているだろう。

だって先ほど国王陛下が仰った、夜会の最後の喜ばしい報告とは、お姉さまが第三王子の婚約者として紹介されることのはずだ。

お姉さまはいつもと変わらず落ち着いた様子だけれど、心の中は違うのかもしれない。不安に圧し潰されそうになっていてもおかしくはない。

なのに。

さっきの一瞬の間って、なんだか変な感じでしたよね？

そんなことを告げるのは、自分の懸念をお姉さまにうつそうという、自分勝手な考えだ。

お姉さまはきっと、「大丈夫よ」と微笑んでくれるだろう。それで私は安心するかもしれないが、それはお姉さまに不安を引き受けてもらうことだ。

「ご挨拶の列が途切れませんね」

にっこり笑ってそんなことを話題にしてみた。とにかく違う話をしようと、思いついたことを口にしただけだ。

さっきから、玉座に向かっていくらかの人だかりができているのが目に付いている。綺麗《きれい》に並んでいるわけではないが、おそらくは高位貴族たちから順番に、国王陛下や王妃殿下に挨拶をしているのではないだろうか。

私たち弱小貴族はそれを遠巻きに眺めるだけだ。実際、お父さまもお母さまも、今いる位置から動こうとはしていない。

仮に並んだとしても、今はまだ、お姉さまが第三王子の婚約者になることは発表されていないから、順番は回ってこないと思う。

でもどうなんだろう。一応、挨拶はしないといけないのだろうか。

「そうね。わたくしも行かなくてはいけないのではないかと思うのだけれど、あれでは近寄れそうにないわね」

頬に手を当てて、お姉さまは困ったようにご挨拶の列を眺めている。

話を逸らせたと思っていたけれど、新たな不安を連れてきたのかもしれない。しまった。

やっぱり私は考えなしだなあ、とほんの少し反省していると、お姉さまは微笑む。

「プリシラ、緊張しているの？」

「えっ、ええ、はい、まあ」

落ち着きがないのはいつものことだけれど、かなり浮《うわ》ついている自覚はある。

だからもう緊張しているということにしてしまおう。

「大丈夫よ、なにかあれば、どなたかが知らせてくださるでしょう。本当にご挨拶しなければならないのなら、侍従の方がうながしてくださるでしょうし」

「まあ、そうですよね」

考えてみれば、屋敷を出てからこの夜会に参加するまで、自分の意思で動いたことなんてほとんどない気がする。

結局、なにがどうなっているのかわからないまま、こうして夜会にまでたどり着いたのだ。次はこれ、次はこれ、と言われるがまま動いた結果、私たちは今ここに立っている。

「言われた通りにするのが、一番、上手くいくものよ」

お姉さまはそう言って、穏やかにいつもの美しい笑みを浮かべた。

私は思わず、じっとお姉さまの端麗な顔を見つめてしまう。

それが、お姉さまの生き方なのだ。

私にはちょっと理解できないけれど、お姉さまの人生は、それで上手く回っているのだろう。

なんだか少し納得して、そして私はまた玉座のほうに視線を移す。

そのとき、第三王子殿下がこちらに一歩、踏み出すのが見えた。

◇

国王陛下と王妃殿下の前のご挨拶の列はまだ途切れてはいないが、第三王子殿下の列はひと区切りついたらしく、彼は玉座のある高台を降りてこちらに歩いてくる。

それでも一歩進むたびに声を掛けられているので、歩みは遅い。

けれど彼は明らかに、私たちがいるここに向かって足を動かしていた。

「あ……、ど、どうすれば」

私たちが行くべきかどうか悩んでいる間に、王子殿下自らがこちらに来る気になったのだろう。

やはりご挨拶に行くべきだったのかと思っても、もう遅い。

こうなったら、なるようになれ、と思うしかない。

お姉さまならきっとなんとかするだろう。

「お姉さま」

とはいえ、これは心構えが必要だろうと、王子殿下の動向を知らせるべくお姉さまのドレスの袖をつまんで引っ張る。

けれど反応がないのでお姉さまのほうに振り返ると、なぜだかやけに、夢見るようなぼうっとした表情をしていた。

「素敵……」

ふと、お姉さまの口からそんな言葉が漏れた。先ほどの「素敵な方ね」という響きとは明らかに違った。

頬が紅潮している。いつも笑みの形で整っている唇は薄く開いている。その琥珀色《こはくいろ》の瞳はきらきらと輝いて。

まるで恋する乙女のように。

私はその表情を、しばしじっと見つめて。そして、うん、と小さくうなずいた。

まるで、じゃない。きっと、本当に恋に落ちたんだ。あの、第三王子殿下に。

時間が少し経って落ち着いて見てみたら、好みだったということなのかな。

だって素敵な人だもの。そりゃそうでしょう。

そうか、お姉さまも気に入ったのなら良かった、うん、良かったんだ。

ほんの少し寂しい気持ちもあったけれど、これ以上のことなんてない、と思い直して、改めてお姉さまの顔を見る。

けれど。

よくよく見てみると、お姉さまの熱を帯びたその視線は、私が第三王子殿下を見ているのとは違うほうを向いている。方向的には近いけれど、少しだけ角度が、ずれている。

ん？

何度も何度も首を動かして、お姉さまの視線の先を確認する。

違う。第三王子殿下を見ているのではない。

視線のその先にいるのは、褐色の肌の黒髪の青年。背が高くて身体つきがガッシリしていて。

見覚えがある。あれは、先ほど紹介された、キルシー王国の第二王子殿下だ。

紹介されたときは玉座の近くにいたけれど、今は十歩先あたりでどなたかと会話を交わしている。私たちが知らない間にこちらにやって来ていたらしい。

近くで見ると、紅玉色《ルビーいろ》の瞳をした、彫りの深い顔立ちの、精悍《せいかん》な印象を持つ人だった。

「あら、嫌だわ」

お姉さまはすっと視線を逸らし、斜め下の床を見つめている。

紅潮する頬がお姉さまの美しさを引き立てていて、目が離せないほどだ。

ん？

「お、お姉さま？」

「目が合ってしまったわ。はしたないと思われたかしら……」

そうつぶやいて、自身の両手で紅く染まった頬を覆っている。

「え？」

目が合った。まさか。

私は嫌な予感で胸をいっぱいにしながら、ゆっくりとキルシー王子のほうに首を動かす。

お姉さまの言う通り、彼もこちらに顔を向けていて。

そしてその表情は、熱に浮かされたように、夢見心地だった。

ああー……。

ふらっ、と彼はこちらに向かって一歩を踏み出す。

その足音が聞こえたかのように、お姉さまは顔を上げた。

ざわざわとした喧騒《けんそう》が、少しずつなくなっていく。

二人の様子に気付いた夜会の参加者たちは、一人、また一人とこちらに視線を向けてくる。

キルシー王子とお姉さまの間にいた人たちは、潮が引くように二人のために道を開けている。

きっと彼らも、どうして自分たちがそんな風に動いてしまったのかわからないだろう。けれど、そうしなければならないような気がしたのだと思う。

しかし楽団の奏でる心地良い音楽だけは、止まることなく流れ続けていた。

私も思わず二、三歩引いて、彼らのために場所を空ける。

ちなみに第三王子殿下は、呆然《ぼうぜん》とその場に立ち止まっていた。

「美しい人」

そのものズバリの言葉を口にして、ふらふらとさまようようにやってきたキルシー王子は、お姉さまの前に立った。

二人の視線が交錯し、そしてそこから彼らの世界が、春を迎えて急速に色づいていく花畑のように広がっていった。

「私は数多の国に立ち寄り、そしてその国々が誇る美女たちを目にしてきたが」

その声は決して大きなものではなかったけれど、広間にいるすべての人の耳に届いたのではないかと思う。

先ほどの国王陛下のご挨拶よりもよっぽど。

「まさかその方々を上回る美をお持ちの女性が、この世に存在するなどとは思ってもみませんでした」

「まあ、そんな光栄なお言葉をいただけるなんて夢のようにございます」

「ああ、あなたに出会えたこの幸運を、神に感謝したい」

そして胸に手を当て、目を閉じた。本当に祈りでも捧《ささ》げているんだろうか。

ここは劇場かなんかの舞台の上ですか。

そんな感想を抱きたくなるような、やけに芝居めいたやり取りだった。

おまけに場を盛り上げるかのように、重厚な音楽が広間に流れている。

本当に演劇の一幕のように感じられる、劇的な二人の出会いだった。

「美しい人、あなたの名をその魅惑的な唇で私にお教えください。そしてあなたの瞳に囚われて動けないこの愚かな男に、どうかその名を呼ぶことをお許しください」

けれど、なんか背中が痒《かゆ》くなってきた。

自分が言われたら噴き出す自信がある。

しかしお姉さまは潤んだ瞳で答えた。

「殿下のお耳を汚す無礼をお許しください。わたくしは、アマーリアと申します」

「ああ、その姿にふさわしい美しい名だ。どうか私の唇がその名を紡ぐことを許していただきたい」

「まあ殿下。そのような喜びをわたくしに与えてくださるのですか」

「では許してくださるのですね、アマーリア」

「殿下……」

そうして二人は見つめ合う。まるで世界には二人しかいないかのように。

えーと、そろそろ誰か許してやってください。

許すだ許さないだ、いいかげんくどい。どうやら本人たちはそれでいいらしいけれど。

なんだこれ。

なにが起こっているのでしょうか。

私は慌てて周りを見回した。誰もが二人の様子を唖然《あぜん》として見つめていた。

私にはわかった。

そう。

その場にいた全員が察したのだ。

これ、世紀の大恋愛とかに発展するやつだ……！

私は恐る恐る玉座のほうに目を向ける。

国王陛下も王妃殿下も、そしてこちらに向かって来ていた第三王子殿下も、もちろんこの光景を、言葉を失った顔つきで眺めていた。

どうする？

三人ともが、ぽかんと口を開けている様は、とてもこの国の頂点に立つ方々とは思えません。

その女性が実は、今夜の主役、我が国の第三王子の婚約者なんですよ、と明かす役目を誰が請け負う？

どうする？　どうする？

婚約についての関係者と思われる人々が、少しだけ正気に戻った頭で、いろいろと考えを巡らせているのが見て取れた。

私もかなり、正気に戻ってきた。背中に冷や汗が流れる。

今こそ心から願おう。お姉さまの第三王子との婚約話が実は本当は嘘《うそ》だったって。私たちは騙《だま》されていたんだって。

でも、幾人もの狼狽《ろうばい》した表情を見た今では確信できる。

やっぱり本当にお姉さまは婚約者に選ばれていたんだって。

そんな私たちの動揺には気付かない様子で、彼らの二人だけの公演は未だ続いていた。

「アマーリア、私の名はウィルフレドというのです。どうか」

しかし皆まで言わせず、お姉さまはふるふると首を横に振った。

「殿下。わたくしは……」

お姉さまが悲しげに長い睫毛《まつげ》を伏せ、キルシー王子から目を逸らしている。

それを見た王子は、ことさらに驚いたように目を見開いた。

「どうしたのですか、アマーリア」

まずいまずいまずいまずい。

「わたくしは殿下のその手を取ることはできません」

「なぜ。私はあなたのためなら世界のすべてを敵に回しても構わないというのに」

ひい！　なんてことを言うんだ、この王子！

まさか本当に戦《いくさ》に発展するなんてことはないとは思う。思うけれど。

けれど友好国の王子相手に波風を立てたくないのも事実。

なんとかしなければ。なんとか。

そして関係者全員が同じことを思いついたのか、同時にうなずいた。

皆で顔を見合わせて、さらにうなずき合っている。

今なら間に合う。彼らの目はそう雄弁に語っていた。

たぶん私も、同じことを思いついた。

そして彼らの視線が集中していることを、ひしひしと我が身に感じる。ひい。

でも、そんなこと、あってもいいんですか！

「プリシラ」

背後から、ぬっと現れたお父さまが、密やかな声で私を呼ぶ。

そして、ドンッと背中を押した。

「行け！」

「そんな気してた！」

私は押し出されて、一歩を踏み出した。

それを見た関係者たちがまたしても同時にうなずいたので、どうやらこれが正解らしい。

もう、どうなっても知らないからね！　私はまったく悪くない！

そう心の中で毒づきながら、少しつんのめるような格好で、とっとっと、と前に進むと、そこにいた第三王子殿下も私のほうに駆け寄ってきた。

王子殿下が慌てたように私に手を差し伸べてきたので、それを握ってなんとか立ち止まる。

「大丈夫か」

「あ、はい」

握られた手がなんだか照れくさくて離そうとすると、軽く力が入ったので、そのまま大人しく手を繋《つな》いだままにする。

すると低くて小さな声が降ってきた。

「コルテス卿の二女に相違ないか」

「はい」

うなずくと、王子殿下もうなずき返してきた。

「こうなっては致し方ない。私の婚約者になってもらう」

耳元でぼそぼそとそんなことを告げてくる。

致し方ない、か。まあそうですよね。

「やっぱり」

「やっぱり、とはなんだ」

「それしかないかなあって」

「それしかないな」

どうやら王子殿下も覚悟を決めたらしい。

本当なら、あの美女が妃になっていたはずだったのに可哀想だなあ。

「文句ならあとで言え。今はまずこの場を収める」

「は、はい」

私の返事を聞くと、王子殿下は顔を上げてまっすぐに前を見つめる。

私は上目遣いでその横顔を見上げた。

やっぱり男の人にしては綺麗な顔をしているなあ、と思う。

この人が、私の婚約者？

だめだ、びっくりするくらい実感が湧かない。お姉さまが第三王子の婚約者になるっていう話も実感は伴わなかったけれど、これはそれ以上だ。

私の手を繋いだまま、芝居を繰り広げるキルシー王子とお姉さまのほうに向かうと、彼は口を開いた。

「ウィル」

そう呼びかけられて、キルシー王子は少々不機嫌そうにこちらに振り向いた。

今いいところなのに邪魔をするな、とでも思っているのだろうか。

こっちはおかげさまで大変なんですよ、と言ってやりたい。

「ああ、レオ」

しかし声を掛けてきたのが第三王子だと知ると、彼はにこやかな笑みを返してきた。さすがにそこまで我を失ってはいないようだ。

友人というのは本当らしい。お互い、愛称で呼び合っている。

「ウィル、私の婚約者を紹介しよう」

「ああ、そうなのか」

キルシー王子は、『喜ばしい報告』とはそういうことかと納得したのか、何度か軽くうなずいた。

お姉さまはその隣で俯《うつむ》いている。

俯いている場合じゃないですよ、今、我が国の王子が手を繋いでいるのは、妹の私ですよ、見てますか。

「こちらが私の婚約者となる女性だ」

手を軽く引かれて前に出されたので、私は腹を括る。

もう破れかぶれだ、どうとでもなれ。

なにかあったら誰かがなんとかしてください。だって私はやっぱりまったく悪くない！

そう自分に言い聞かせると少し落ち着いてきたので、レオカディオ殿下の手を離すと、なるべく楚々《そそ》として淑女の礼をする。

私だって、ちゃんと授業は受けたんだから、これくらいはきちんとできるんです。抜け出していたのはごくたまに、なので。

「ご拝顔賜り光栄です、ウィルフレド殿下。わたくしは、プリシラ・コルテスと申します」

私のその声に、お姉さまの肩がぴくりと揺れた。そしてゆっくりと顔を上げてきた。大きな目をさらに見開き、口を半開きにして、そのままの表情で固まってしまっている。

お姉さまのその顔を見ると、本当に周りが見えていなかったんだろうなあ、としみじみと思ってしまった。

二人だけの世界はどんなものだったんだろう。

「プリシラ……？」

ぼそりとお姉さまの口から漏れた言葉に、キルシー王子は振り返って小首を傾げる。

「アマーリアのお知り合いで？」

「え、ええ、わたくしの妹です……」

戸惑いながらも、お姉さまはそう答えた。

今、お姉さまの頭の中はしっちゃかめっちゃかだろうなあ、と想像する。

けれどたぶん、冷静になれば今なにが起こっているのかは理解できるだろう。

そして合わせようとするだろう。お姉さまはそういう人だから。

唯一、なにも知らないのであろうキルシー王子は、明るい声で応えた。

「ああ、私の恋人の妹とあって、やはり輝かんばかりにお美しい。こんな麗しい女性が婚約者とは、レオは幸せ者ですね」

うむ。お姉さまの美貌しか目に入ってなさそうな、あんまり心が籠ってない賛辞を呈された。

いや、ちょっと待って。出会ってまだ一刻も経ってないのに、もう恋人になっているの？　展開が早すぎるよ。

「展開が早すぎる……」

ぼそりと後ろのレオカディオ殿下がつぶやいたのが聞こえた。

おっ、気が合いますね。

しかし気を取り直すような咳払《せきばら》いが聞こえたかと思うと、彼は私の横に立った。

「そうなんだ。私の誕生日に、愛する婚約者を紹介できて嬉《うれ》しく思うよ」

友人に対しての気さくさで、にこやかにそう語る。

隣でそれを聞いていた私は、呆然とレオカディオ殿下の顔を見つめてしまった。

愛する……！　殿方に初めて言われた！

一気に顔に血が集まってきたような気がした。頬が熱い。ドキドキする。

こんな素敵な人に愛するって言われることなんて、私の人生にあるとは思っていなかった。

でも。

一瞬後には、その熱もすっと引いた。

でもそれも、この場を取り繕うための嘘なんだ。

生まれて初めて言われたのがこういう場だなんて、それはちょっと嫌だったかもしれない。

お姉さまはそんなことを考えている私をじっと見つめたあと。眉を曇らせ、それからぎゅっと目を閉じた。

次に彼女が目を開けたときには、潤んだ琥珀色の瞳に謝意が浮かんでいたと思う。

そしてひとつ息を吐くと、いつもの美しい微笑みを見せてから、口を開いた。

「おめでとうございます、レオカディオ王子殿下。おめでとう、プリシラ」

どうやら事態は把握したらしい。この挨拶は、「理解しました」という意味も含まれていたと思う。

私はほっと心の中で胸を撫《な》で下《お》ろす。

レオカディオ殿下は、まったく動揺を見せることなくお姉さまに応えた。

「ありがとう。妹だ、心配だろうが私に任せてほしい。大事にする」

「お言葉、感謝します」

そう礼を述べると、お姉さまはゆっくりと頭を下げた。

すると、私たちの間に流れる少々しんみりしたような空気をものともしない、陽気な声が発される。

「まさか私たちのお互いの婚約者が姉妹とは。これはますます二国は友好国として親密になるだろう」

そう言って、キルシー王子は爽やかな笑顔を見せた。

もう婚約者になったらしい。本当に展開が早い。

レオカディオ殿下は笑みを顔に貼り付けたまま、握手を交わしたりしている。

「プリシラ」

そう呼びかけられて振り返る。

お姉さまは泣きそうな顔をして腕を広げ、そしてその中に私を包み込んだ。

こうされるのは久しぶりだ。幼いころはよく抱きしめられたっけ。

「ごめんね……」

耳元で、お姉さまがそう囁く。

久々にお姉さまの胸の中にいるからか、私は子どものころのことを頭の中で走馬灯のように思い浮かべた。

お姉さまが大切にしていたお人形。お姉さまによく似たお人形で、白い肌にプラチナブロンドの髪をしていて。お姉さまはときたまそれを膝の上に抱いて髪を梳《す》いていた。

「欲しい！　私も欲しいー！」

違う人形を与えられても、我慢しなさいとお母さまに諫《いさ》められても、私は寝転がって足をバタバタとさせて泣き喚いた。

そうしていると、お姉さまは困ったように眉尻を下げて、その人形を私に差し出すのだ。

「そんなに好きなら、プリシラが可愛がってあげたほうがお人形も喜ぶわ」

私はそれを喜色満面で受け取った。

それから私もしばらくは、大事に大事にそのお人形を扱っていたように思う。けれどお姉さまがしていたようにしたくて何度も何度も髪を梳《と》かすうち、ある日ごっそりと抜けてしまって、それからは部屋の片隅に投げていた。今となってはどこに行ってしまったのかわからない。

一事が万事、その調子で、お姉さまは私のわがままを受け入れ、私はそれを当然と思っていた。けっこうひどい妹だったな……、とほんの少し反省して。

私は私に抱き着くお姉さまの背中に手を回して、ぎゅっと抱き返した。

「大丈夫です、お姉さま。私はお姉さまに幸せになってほしいんです。本当ですよ」

きっとこれが、お姉さまにとって初めてのわがままなのだ。

『言われた通りにするのが、一番、上手くいくものよ』と言って、そしてその言葉通りに生きてきたお姉さまの、生まれて初めての反逆。

私はそれを受け入れるべきだと思う。

「ありがとう」

お姉さまもまた、私の背中に回した腕に力を込め、抱きしめ返してきた。

その様子を窺って、話はついたと見計らったのか、そこで進行を任されているのであろう侍従の人の声が響いた。

「これより、国王陛下の御言葉がございます！」

それにハッとしたように、皆が玉座のほうに振り向く。

芝居を楽しんでいた人たちが劇場から出て行くときに見せる顔はこんな感じだろうか。満足そうな表情をしている人が多かった。

そして彼らは、次の展開を期待しているのだ。

私たちも姿勢を正し、玉座に視線を向ける。

そのとき気付いた。衛兵の数が増えてきている。

だからか物々しい雰囲気が漂って来て、厳粛な空気が広間を満たしていった。

けれど国王陛下は余裕たっぷりな様子でゆっくりと広間を見渡す。

それに合わせるように楽団の音楽は止まり、すべての人の意識が国王陛下に集中している。

それらの視線をものともせず、陛下は威厳を滲《にじ》ませて、胸を張った。

先ほどぽかんと口を開けていた人と同一人物とは思えない。

「夜会の始めにも報せたが、今宵は我が息子レオカディオの喜ばしい報告がある」

広間の喧騒が完全に収まったのを見届けて、国王陛下は勿体《もったい》付《つ》けたように口を開いた。

「セイラス王国第三王子たるレオカディオは、コルテス子爵の息女を妃に迎えることとなった」

一瞬の静寂のあと。

わっと拍手と歓声が沸く。

同時にまた楽団が音楽を奏で始めた。さっきから、空気の読みっぷりが素晴らしいです。

隣にいたレオカディオ殿下が私の前に手を差し出した。

「行こう」

どうやらこれはもう、本当の本当に決定らしい。

私は覚悟を決め、彼の手の上に自分の手を乗せた。

「はい」

拍手と祝福の言葉を受けながら、私と殿下は静かに歩を進める。

王座のある高台に上がるとき、レオカディオ殿下はこちらに振り向き、私の足元に心を配るように、私の手を乗せている自分の手を上げた。

さすが王子さまだなあ、と思いつつ、足を動かす。

国王陛下と王妃殿下の隣に王子殿下が立ち、そしてその隣にうながされた私が立つ。

場違い感がものすごい。

広間のほうに目を向けると、皆の視線が集まっているのがよく見えた。出席している方々の顔も、一人一人判別できるくらいだ。

広間にいると見えなかったものが、見えてくる。

やんごとない方々はこういう光景を見ているんだなあ、と妙なところで感心してしまった。

お姉さまとキルシー王子がこちらを見ているのも見えた。

お姉さまは不安げな表情で私を見つめていて。

キルシー王子はにこにこと満足げだ。

そんな二人を見つめて思う。

なんというか、自分で言うのも悲しいけれど、見劣りしている。

キルシー王子が連れている美女。

レオカディオ殿下の婚約者である私。

残念ながら、この夜会に出席している方々には、明らかに我が国の王子が連れている女のほうが格下に見えているだろう。

なんか、レオカディオ殿下に申し訳ない……。

だからお姉さまにドレスを着せたときに、私もついでに着飾らせておけばよかったのに。せめてそれくらいは体裁を整えておきたかったなあ。

まあ誰も、こんなことになるとは予想できなかっただろうけど。

拍手と喝采の中、私はそんな埒《らち》もないことを考えていたのだった。

◇

第三王子の婚約者として紹介された私は、壇上《だんじょう》から降りてすぐに、いろんな方々に囲まれることとなった。

「心よりお祝い申し上げます」

「本当に喜ばしい報告でございましたわ」

ほとんどは、そうにこやかに祝辞を述べたかと思うと、ササッと去っていく。

私はとにかく口元に笑みを浮かべて、次々と「ありがとうございます」と軽く頭を下げるしかない。

この混乱の中であっても心の内は押し隠さねばならないわけで、疲れた表情なんて絶対に見せられないことは、私にだってわかるんです。

とはいえ顔の筋肉がつりそうだ。王族や高位貴族の皆々様、いつもこんなことをやっているんですか。すごいですね。ちょっと尊敬しました。

ちらりと王子殿下のほうに視線を移すと、やはり彼もにこやかに「ありがとう」とただひたすら返しているようだ。

けれど私と違って慣れているのだろう、和やかな雰囲気を漂わせている。

少し視線を動かせば、キルシー王子とお姉さまも、似たような状況だった。

困ったときはお姉さまの真似をしておけば間違いはないと、この十七年の人生の中で学習してきたのだけれど、今は残念ながら参考にできない。

なぜならキルシー王子はガッチリとお姉さまの肩に手を回して寄り添い、自分の横から離そうとはしていないからだ。

くっ、もう何年も一緒にいる恋人みたいです。さすがは展開の早さに定評のある二人ですね。

いくらなんでもあれは真似できない。レオカディオ殿下は少し離れたところで挨拶しまくってい
て、私に構う暇はなさそうだし。

あとどれくらい続くかわからないけれど、私はとにかくひたすら、誰かに止められるまでこの表
情のままでいるしかない。今のところは間違っていなさそうだし。

耐えろ、私。

などと心の中で自分を励ましていたところで。

「ごきげんよう」

私の前にやってきた、お母さまと同い年くらいのご婦人が、なぜか今までの人たちとは違う動き
を見せた。

彼女は正面に立ったかと思うと、ずい、と一歩をこちらに踏み出して、それから扇をバサリと開
き、それを口元に当てて目を細める。

あっこれ、あんまり良いこと言われなさそうなやつだ。

そして、案の定。

「あまりお見かけしないお顔だと思っておりましたけれど、レオカディオ殿下のご婚約者の方でし
たのねえ」

「お初にお目にかかります」

私はそう挨拶して、丁寧に淑女の礼をした。

さて困った。今までの方々と違って、なにやら話を続けたそうな気配がある。もちろんお付き合

いするべきだろう。

でも、堂々としていてものすごく身分が高いっぽい雰囲気を醸し出している人だけれど、誰なのかわからない。

だからといって、「どなたですか」なんて訊《き》くのは失礼に当たるだろうというのはわかる。理不尽極まりないけれど、高貴な方々というものは、あちらが知らなくても私は名前と顔を知っていなければならないのだ。本来なら、誰かがそっと夜会の途中にでも耳打ちしてくれるものなんだろう。けれど私にその機会は与えられないまま、こんなことになってしまった。

高位貴族の方々にお目にかかる機会は私の人生にはあまりなかったため、確率的に初めて対面する人と考えていいだろう。なので、『お初にお目にかかる』で間違っていないはず。

しかし見かけたことすら絶対ないとも言い切れないのもつらいところだ。下手すると、「あのとき劇場の近くの座席にいた」なんて、覚えていなくて当たり前のことを責められるかもしれない。

それにこのご婦人は、『あまりお見かけしない』だなんて曖昧なことを言っていたから、試されている可能性もある。

どっちだろう。当たってるかな。

「はじめまして、お嬢さま」

するとご婦人は、そう返してきた。よし、正解。

「今日は、わたくしが存じ上げないお嬢さまが王子妃となられるだなんて聞いていて、本当に驚いてしまいましたわ」

しかしそう続けられてしまう。

「ええ、わたくし自身も驚いております」

それはもう、本当に。

ご婦人は嫌味ったらしい言い方をしたけれど、相手が誰だかわからない限りは、とにかくにこやかに相対するしかない。そのうち名前も口にしてくれるかもしれないし。そうしたら名前を呼ぼう。

「もう少し集まりに顔をお見せになっていらっしゃれば、わたくしもこれまで配慮できたかと思うのですけれど」

けれどご婦人はそう続けて、物憂げに扇の向こうでため息をついている。

えーと。言わせてもらえれば、それは私がそういった催しに招待されていないからですよ。私のせいにしないで欲しい。

弱小子爵家の娘である私は、夜会や茶会に呼ばれることがほとんどなかった。

美女と評判のお姉さまは辛うじて、コルテス領の近隣で行われる催しに招待されることもあったけれど、私には申し訳程度の招待状しか届かなかったのだ。

呼ばれても堅苦しそうだから、別にそれはいいのだけれど。

……いやもしかして、もっと積極的に招待されるようにがんばらないといけなかったのかな。えー、呼ばれたら行く、と徹底していても、特に困ることはなかったんだけど。

とはいえ、そんなことは口にはできないので、「わたくしの考慮が足りず、申し訳ありません」などと思ってもいないことを述べてみる。

「まあ、夫人もご存じありませんでしたの？」

ところが周りにいた別のご婦人たちが、ゆるゆると周辺に集まってきた。

「いけませんわ、夫人にご挨拶もなさっていないだなんて」

「けれどコルテス子爵閣下のお嬢さまですものね。領地が辺鄙《へんぴ》で……あら失礼」

「でも、今までは良くても、ねえ？」

「わたくしども、心配しておりますのよ？」

まあ、心配といえば心配なんだろう。というか、私が一番心配しているんですけどね。

それより、嫌味をペラペラと語る暇があるのなら、この目の前の身分の高そうな夫人の名前を口にしてほしい。もしここで「改めてご挨拶なさっては？」とか提案されたら、詰む。

こんな風に囲まれて、まったく心に痛手がないかというと、そうでもないし。

ちょっと怖い。

やっぱり皆さま、田舎の弱小貴族の、しかも大して美女でもない小娘が王子殿下と婚約しただなんて、気に入らないんだ……。

さっきまでいろんな人が和やかにお祝いの言葉を掛けてくれていたのに、この夫人がやってきた途端に手のひらを反《かえ》してきた。

心細いな……。

私の精一杯の淑女の微笑みが、ついに崩れそう。

そのときだ。

「イバルロンド公爵夫人」

私の背中のほうから正解がやってきた。

それを口にしたのは、誰あろう、第三王子殿下だった。

自分のほうのご挨拶がひと区切りついたのか、足音を鳴らしながら早足でこちらにやってくる。

というか、イバルロンド公爵閣下の夫人だったんだ。私でも名前を知っている我が国随一の名門貴族じゃないですか。どうりで。

「まあ、レオカディオ殿下」

夫人は私の前から一歩下がり、いと優雅に礼をしてみせた。

それを見た王子殿下は、背筋を伸ばして声を掛ける。

「久しいな、夫人」

「……ご無沙汰して申し訳ありません」

頭を下げたまま、夫人はそう謝罪した。

ああー、挨拶がないとか苦言を呈していたのに、まさかその上から挨拶がないって指摘されるとは。あのご挨拶の列にはいなかったのか。もしかしたら国王陛下だけだったとか。まあすごい列でしたもんね。省きたくなる気持ちはわかります。

たぶんこれ、王子殿下の先制攻撃の気がする。軽く威圧感出してるし。

今までの話を聞いていたのだろう。

「驚いただろう、今まで内密だったから」

「内密……」

「わからないか？」

「……ああ」

夫人はなにかに納得したように、軽くうなずいた。

ん？

「夫人に紹介しておくのが筋だっただろうが、王家の決定だ。不服があるなら私が聞こう」

「いえ……そうでしたわね、そういうことでしたら。失礼いたしました」

ん？　なんだろう。

夫人は得心がいったようだったけれど、周りのご婦人方の中には釈然としていないような表情の人もいる。

イバルロンド家の人は、今回のこの婚約秘密作戦の理由をご存じなのかな。

当事者の私はまったく知らないんですけど。

まあとにかく、どうやら王子殿下に助けられたみたいだ。

そして正解も教えてもらえた。そうなったらこっちのものです。

「イバルロンド公爵夫人、ご挨拶が遅れまして申し訳ありません」

そう呼びかけると、夫人はこちらに振り向いた。

「わたくし田舎に住んでおりますもので、至らない点もなにかとあると思います。それなのにお声掛けいただいて、本当に心強うございました」

がんばって口元に弧を描いてそう話し掛けると、一瞬、夫人は虚を衝《つ》かれたように身を引いた。

「お優しさ痛み入ります。わたくし嬉しゅうございました」

すると夫人は小さく口の端を上げて、ぼそりとつぶやく。

「なるほどね」

えっ、なにが？

褒められて嫌な人なんていないだろうから、いろいろ言ってみたんだけど、間違ったのかな。

「失礼、まだでしたわね」

夫人は扇を畳み、私たちに向かって微笑みかける。先ほどまでの嫌味ったらしい笑みではなかった。

「おめでとうございます」

それだけ口にすると、夫人は周りのご婦人を引き連れて、私たちの前から去って行く。

その背中を見送って少しして、隣に立つ王子殿下は申し訳なさそうな顔を私に向けた。

「すまない、遅くなって」

「いえ、大丈夫です。ありがとうございます」

正解も教えてくれたし、庇《かば》ってくれたし、十分ですよ。

王子殿下は夫人が去った方向にちらりと視線を投げたあと、こちらを見て続ける。

「公爵夫人は、悪い人ではないんだが」

そうなんだ？

「少々、気が強くて」

少々?

私の心の内を読んだのか、彼はわざとらしく咳払いをする。

「けれど君は、上手くいなしていたな」

「そうでしょうか」

「あの様子では、気に入られたんじゃないか?」

「それなら……いいんですけれど」

ええ? そうかなあ。よくわからないけれど、王子殿下がそう言うならそうかもしれない、と思っておこう。

「とにかく、次からはあのようなことはないように根回しはしておく。もう心配しなくていい」

おお、さすが王子さま。権力を行使するんですね。

「さあ、退場しよう」

そう言って彼は、柔らかな笑みを浮かべ、私の前に手を差し出してきた。

だから私はその上に、自分の手を乗せる。

先ほどまでのあの心細い気持ちは、もう消え失せてしまっていた。

◇

そうして第三王子の誕生会は、めでたいめでたい、と無理に明るげな声で満《み》ち溢《あふ》れたまま、終わった。

3．小さな夜会

広間をあとにすると、国王陛下と王妃殿下は、そのままどこかへ立ち去ってしまった。

私たちはその背中に頭を下げて、足音が聞こえなくなるのを待つ。

顔を上げると、レオカディオ殿下だけはその場に留まっているのが目に入った。

彼はこちらに視線を向けてきて、なにやら言葉を探している様子だった。

「ええーと、プ……プリシラ嬢」

どうやら愛する婚約者の名前も曖昧だったらしい。

私はそちらに身体ごと顔を向けて、向かい合う。

「なんでございましょうか、レオカディオ王子殿下」

「レオでいい。呼びにくいだろう」

「じゃあ、レオさま」

あっしまった、一気に距離を縮めすぎたかな、と心配していると、王子殿下は口の端を上げた。

ちょっと楽しそうだったので、私も頬が緩んだ。これでいいらしい。

「人いきれで疲れただろう。私の自室に行こう」

「自室？」

「少し二人で話したいことがあるし」

「はい」

拒否する理由はないので素直にうなずいた。

なにせ私たちは、婚約したのだ。二人で話すことだってあるでしょう。

しかし婚約したとはいえ、婚姻前の淑女たるもの殿方と部屋に二人きりになるものじゃない、というのが普通の見解かもしれない。でもいいでしょう。だって王子さまの要望だもの。

それにどう考えても、そんな艶っぽい話じゃないと思う。

ちらりと見てみると、お父さまとお母さまも、侍従の方になにやら呼ばれている。

お姉さまはキルシー王子の隣でまだ肩を抱かれていて離れられないようで、両親が退出する様子を不安げに見守っていた。

たぶんこれから辻褄《つじつま》合わせが始まるんだろうなあ、と小さく息を吐いた。

◇

「ひとまず、辻褄を合わせないとな」

疲れきったような声で、目の前の王子さまはそう言った。

やっぱりね。案の定です。

あれから王子殿下の自室に案内され、来客用のテーブルセットに向かい合って腰掛けて、お互い作り物めいた笑顔を浮かべている間に、侍女たちがお茶やお菓子をテーブルの上に置いていった。

「人払いを」

「よろしいのですか？」

部屋まで私たちを先導してくれた衛兵が問い返している。

やっぱり王子さまだなあ、と思う。王城の中だというのに、ここに来るまでも何人かの衛兵に囲まれて歩いて来た。

厳重な警戒態勢に身が縮こまる思いだ。私もできればあんまり人に囲まれたくないなあ、緊張するし。ご婦人方に囲まれたばかりだし。

私のその気持ちを慮ったわけではないのだろうけれど、レオさまはうなずいた。

「ああ、もう大丈夫だ」

「かしこまりました」

そうして部屋の中にいた衛兵たちや侍従たちや侍女たちが誰もいなくなってから、私たちは二人してズルズルとふかふかのソファに身を埋め、盛大に安堵《あんど》のため息をついた。

「終わった……」

「終わりましたね……」

殿方の部屋に二人きりといえども、コルテス家の屋敷の大広間くらいの広さはあるような部屋なので、あまり閉塞感はない。

だからか妙に気が抜けてしまって、天井をしばらくぼうっと見つめる。うわあ、個人の部屋のはずなのに、天井にも宗教画が描いてある。豪華だなあ。

レオさまは少しして気を取り直したのか、居住まいを正すと身を乗り出すようにして、こちらを向いた。だから私もそれに倣って背筋を伸ばして座り直す。

それから彼は、辻褄合わせの説明を始めた。

「王家とコルテス子爵家が繋《つな》がりを持とうとしていたのは周知の事実だ。そのために婚姻関係を結ぼうとしていたことも、いくらかは漏れている。公にしてはいなかったが」

「そうですね」

「そういうことだから、私の婚約者が、君の姉君ではなく君でも問題はない」

「そうなんでしょうね」

だからあのとき、私の背中が押されたのだ。

この際、妹でいい、となったのだ。

コルテス領を穏便に王家の管理下に置くための政略結婚の相手は、姉妹のどちらでも構わないのだ。

「けれどなぜ姉ではなく妹なのか、というのは疑問に思われても仕方ない」

「まあ、姉のほうが美人ですからね」

私の返事に、レオさまは首を傾げた。

「そういう問題ではないだろう。長女か二女かの違いだ」

「そういうものですか」

「そういうものだよ」

答えながら、テーブルの上の紅茶に手を伸ばす。

なので私もいただくことにした。

夜会での私は、終盤はずっとご挨拶ばかりしていたので、喉が渇いていた。おまけに美味しい食事を楽しむはずだったのに、全然食べていない。口惜しい。

ちらりとテーブルの上に置いてある、三段のケーキスタンドに目をやる。

さすが王城で用意されたものだ。すっごく美味しそうなケーキやクッキーやカナッペが置かれている。

色鮮やかなフルーツがたくさん載ったケーキも素敵だし、さっきからクッキーの馨《かぐわ》しい匂いが漂っているし、カナッペはハムやチーズが載っていたりして軽食に良さそう。

でも手を出すのははしたないと思われるかもしれない。

これ、誰も食べなかったらどうなるんだろう。棄てるのかな。もったいないな。

「……遠慮しなくていい」

「えっ」

ふいに声を掛けられて、顔を上げる。

すると目の前に、口元に軽く握った拳をやって、目を細めているレオさまがいた。

「どうぞ。好きなだけ食べるといい」

声が若干、震えている。これ絶対、笑いを噛《か》み殺《ころ》してるよ。

そんなに物欲しそうだったかな。まあいいか。食べてもいいって許されたんだし、遠慮するのも変だろう。

「ではいただきます。レオさまもいかがですか」

「じゃあ、貰《もら》おうか」

「はい」

置いてあった小皿に少しずついろいろなものを載せて、フォークを手に取って。

そうして私たちの小さな夜会は始まったのだった。

◇

レオさまはカナッペを手に取り、あーんと口に入れてモグモグと口を動かしていた。ケーキよりクッキーよりカナッペを選択したのは、きっとレオさまもお腹が空いていたんじゃないだろうか。

こうして見ると、普通の人間なんだなあ、と思う。

あまりにも王子さま然とした外見だからか、食事とかしなくても生きていけるような気がしていた。

いやそんなわけはないのだけれど、王子さまって遠い世界の人って感じがして仕方ないし。

けれどこの人が、私の婚約者なんだよなあ。

なんだか変な感じだ。

私がそんなことを考えているうち、口の中のものを飲み込むと、レオさまはしゃべり始めた。

「とにかく、あの場で唐突に入れ替わりが行われた、というのは隠しておきたい」

「はい」

セイラス王国としては、キルシー王国との間に波風は立てたくない。そのために、実はキルシー王子が望んだ女性はセイラス王子の婚約者になるはずだった、ということを隠し通したい。だから、最初から婚約者は私だった、ということにしたいのだろう。お姉さまとの婚約話なんてなかったことにするのだ。

幸いかどうかは知らないけれど、婚約者がお姉さまであることは、公にはされていなかった。

「けれど普通なら長女のほうが選ばれるはずが、なぜか二女だった、というところに整合性を与えたい」

実際、選ばれていたのはお姉さまだった。というか悩んですらいないんじゃないだろうか。絶世の美女だから、という理由だと思うんだけど、レオさまは長女だから、と言い張る。

そういうことにしてくれるのなら、まあ、黙っておこうかな。優しさに水を差すのもなんだし。

「だから、私が妹のほうを気に入っていた、ということにする。それが一番簡単でわかりやすい。それで、いいな?」

「お気の毒に……」

「なんでだ」

「いや……」

やっぱりちょっと可哀想だなあ、と思う。

だって本当ならお姉さまが妻だったんですよ。美女だし淑やかだし聡《さと》いし、きっと皆、弱小子爵家とはいえお姉さまなら、と思っていたんだろう。

公爵夫人だって、お姉さまがお相手だったら、最初から認めていたのかもしれない。

なのにとんだ邪魔が入って、突如、特筆すべきところのない妹に変更になった。

しかも、『妹のほうを気に入っていた』ことにするということは、姉よりも見劣りする妹を口説いた、ということになる。

趣味が疑われませんか。

さらに、「妹のほうがいい！」と駄々をこねたことになるのだ。『第三王子がワガママ説』が本当になってしまう。

気の毒すぎませんか。

いや私たぶん、そこそこ可愛いほうだと思うけれど、お姉さまと比べるとなあ。

私の金髪と蒼玉色《サファイアいろ》の瞳は、なかなかだとは自負しているので。うん。

「あのう」

「なんだ」

「そもそも、どうして最初から姉が婚約者だって公表しなかったんですか？」

私の質問に、レオさまは次のカナッペに伸ばそうとしていた手をピタリと止めた。

うん？

その様子は気になったけれど、私はそのまま続ける。

「だって発表されるまで黙っておけって、すっごく強く指示されたんですよ。それとなくでも流しておけば、こんなことにはなっていないんじゃないですか」

「ああ……」

せめて、夜会の最後に発表だなんてまどろっこしいことはせずに、最初にしておけばよかったのではないのか。

レオさまは、カナッペはとりあえず置いておいてしばらく考え込んでから、その重い口を開いた。

「私には、兄が二人いるが」

「はい」

もちろん知っている。王太子殿下と第二王子殿下だ。

それがなにか関係が？

「二人とも、婚約発表は行ったんだが」

「はい」

お二方とも、すでにお妃さまをお迎えになられている。そしてそれぞれ、御子も何人かいらっしゃる。

レオさまは年の離れた末の王子なのだ。

前回の王子の婚約である、第二王子殿下のご婚約は、もう十年くらい前のことだったと記憶している。

それが？

「二人とも、婚約発表は無事には終わらなかったんだ」

レオさまは神妙な顔をして、そう言葉を紡いだ。

二人の間に、沈黙が落ちる。

窓の外からだろう、カサカサという葉擦れの音が聞こえてくる。

一人だけならともかく、王子二人ともの婚約発表が無事に終わらなかった。

いったいなにがあったんだろう。

今、私、もしかして。

王家の秘密に触れようとしている……？

これ、このまま聞いてもいいんだろうか。

そんな私の迷いを感じたのだろうか、心の奥を覗《のぞ》き込《こ》むように、レオさまの翠玉色《エメラルドいろ》の瞳がひたと据えられている。

大丈夫かな、でも私、王子妃になるみたいだし、知っておいたほうがいいのかな。

それに王家の秘密って、それだけでなんだかワクワクするし。

よし、聞こう。

面白そうだから！

「いったい……なにがあったんです？」

私もレオさまに合わせて神妙な顔をしてみる。

ここまでの話で、私が夜会前に予想していた『驚かせたいだけだった説』は、とりあえず消えた。

でもそれに似たり寄ったりの理由の可能性はある。

その場合、くだらなすぎて呆《あき》れた顔をしないように気を付けないと。相手は王子さまだし。

なので私はきゅっと唇を引き結ぶ。

レオさまは少し目を伏せてから、そしてゆっくりとこちらにその整った顔を向けた。

「実は」

「はい」

いやこの真剣な表情は、なにかすごい理由があるに違いない。

『王家の秘密説』を推そう。

おお、ついに知ってしまうのだろうか。王家の秘密というものを。

なんだかドキドキしてきたなあ。

なんだろ、なんだろ。

身を乗り出して耳を傾けていると、レオさまはわずかに眉をひそめた。

「面白がってないか？」

「面白がってません」

「ならいいが」

間髪を入れない私の答えに、レオさまは特に食い下がることなくあっさりとそう引くと、密やかな声で続けた。

「第一王子のときは」

「はい」

「婚約お披露目会で、婚約者が切り付けられた」

「ひい」

怖っ！　王家の秘密かどうかはわからないけれど、けっこう大変な話だった。事件だよ、事件。

怖がる私を他所に、レオさまは表情を変えないまま、再び口を開く。なので私はまた身を乗り出して、耳を傾ける。

「第二王子のときは」

「はい」

「婚約お披露目会で、王子が切り付けられた」

「ひい」

なんで！　なんで二人ともがそんな大事件に巻き込まれてるの？　しかも婚約発表の場で。

あっ、ああ、なるほど。それで、衛兵が数多くいたのか。

第三王子のときも、誰かが切り付けられるのではないかと危惧されたのか。

お姉さまか、レオさまか。

いやでも切り付けられる理由なんて……あれかな、陰謀とかそういうのかな。本人の非に関係なく、狙われたのかな。

それこそが、王家の秘密なのでは。

「なんでまたそんなことに」

「犯人の二人とも、自分のほうが相応《ふさわ》しい、と主張していたそうだ」

「ははあ……」

犯人は、自分のほうが婚約者であるべきだと思ってたってことか。つまり女性の犯行なんだな。

「でもそんな大事件、広く噂 話《うわさばなし》になっても良さそうなものなのに、私、今の今まで知りませんでした」

私の疑問に、レオさまはこくりとうなずく。

「それは幸いだ。二回とも、高位貴族の令嬢の犯行だったんだ。だから内々に処理された」

「へえ……」

内々に処理。その内容はあんまり聞きたくないな。

「だから君も、このことは口外しないように」

「はい」

ある意味、王家の秘密ではあるのか。

でもそこじゃない。切り付けられた理由が知りたい。そこが王家の秘密っぽい。

第一王子のときはその婚約者が。第二王子のときは王子自身が。そして犯人はどちらも高位貴族のご令嬢。

登場人物が全員、上級の方々じゃないですか。

陰謀の匂いがする。

「その……政治的な話なんですか?」

「うん？」

レオさまは小さく首を傾げる。思いも寄らぬ質問をされたという表情だった。

あれ？

「えと、自分のほうが相応しいというのは、どういう理由なんです？　やっぱり王子妃になると権力が得られるとかそういう」

もしくはその令嬢の背後にいる人がなんらかの利益を享受するとか。

「いや……それが」

レオさまは、顎に手をやって、また考え込む。

うん？

「私は当時、子どもだったから、記憶が定かではなくて聞いた話なんだが」

「ああ、はい」

「『私たちは愛し合っている』と言い張っていたらしい」

「……ちなみに、どちらの婚約お披露目会で」

「どちらも」

「……へえ」

ちょっと風向きが怪しくなってきましたよ。

そのまま素直に考えたら、それって。

王子二人とも、女癖が悪いってだけの話じゃないですか？

しかしレオさまは頭を抱えて、唸《うな》るように漏らした。

「いやもう本当に、王家は呪われているとしか思えない……」

「呪い」

それ、呪いではなく、自業自得というものでは。

というか、なるほど、そういう前例が二例もあったから、夜会の国王陛下の御言葉の前に、妙な間があったのか。

あの場におられた高位貴族の方々はご存じなんですね……。

「あのう」

「なんだ」

「無礼を承知で申し上げますと」

「ああ」

「それ、単純に、男女間のいざこざというものでは」

だとしたら、今回の厳重な警備はなんなのか。

お姉さまは、そりゃあ恋文をたくさん貰ってはいたけれど、どなたかと特別な関係になっていたということはない。

王家なら、そんなことはもう調査済みなのでは。

レオさまが、どなたかとお付き合いしていたとしたら……まあ、ありえなくはないのかな。

私、レオさまのこと、なんにも知らないし。

恋人の一人や二人、いたっておかしくはない。

その恋人が、「私というものがありながら！」と刃物を片手にやってきたとしたら。

……怖いな。

まあとにかく。

そんなことが、第一王子と第二王子の婚約発表の場で起きたと考えるのが自然なのでは。

レオさまは私の推測に、その形の良い唇の端を持ち上げた。

「そう思うだろう？」

あっ、得意げな顔だ。

綺麗《きれい》な顔立ちをしているだけに、ちょっとイラッとするなあ。

「まず、第一王子のときに調査したら」

得意げな顔はそのままに、レオさまは語りだした。

片腕をソファの背もたれに乗せたので、ますます偉そうだ。

調べたの、レオさまじゃないのに。

「その犯人と兄上に、ほとんど接点はなかったんだ」

「ほとんど」

「ほとんど」

少しはあったんですね。

その私の表情を読んだのか、不服そうな声が返ってくる。

「二、三、言葉を交わした程度だ。舞踏会や晩餐会《ばんさんかい》で、挨拶をするくらいのことはあるだろう。それくらいだったそうだ」

「なるほど」

それなら、ほとんど接点はないと言っていい。

「第二王子のときも、同様の調査結果が出た」

「ほう」

こちらも、ほとんど接点はなし、ということか。

なのに令嬢の二人ともが凶行に及んだ。

それなら『呪い』と言い出してもおかしくはないのかな。

でも、そのわずかな接点で、なにか誤解されるようなことをしてしまったという可能性も否めない。

けれど、それを言っても仕方ない。

仮に王子たちが気を持たせるような言葉を掛けたとしても、それを責め立てるのは酷だろう。

まさかその二、三、言葉を交わした程度で『愛し合っている』と誤解されるだなんて思わない。

もしかして、たった一言が令嬢たちを魅了してしまったんだろうか。それだったら、破壊力がすごい。

本当のところがどうなのかはともかく、それを防ぐのは難しい。

レオさまだって、ご令嬢の誰一人とも会話をしていない人生を送っているわけではないだろう。

その中で、魅了されてしまった令嬢だっているのかもしれない。

もしそんな令嬢が刃物を持ってやってきたら。

なるほど、確かに『呪い』かも。

「だから公にせずに事を進めていたのに、これだ」

偉そうにふんぞり返っていたレオさまは一転、身体を前に倒して肩を落とす。

なるほど、そういうことか。もし万が一、レオさまに魅了された令嬢がどこかにいたとしたら、婚約発表の日を知られるのはまずい、となったんだ。襲撃の準備をされてはたまらないものね。

となると。イバルロンド公爵夫人も、その事件自体は当然知っているんだろう。もしかしたら、どちらも現場に居合わせたかもしれない。

それで彼女は、仄《ほの》めかされてすぐに、内密である理由を理解した。

私としては、苦言を呈する前に理解しておいていただきたかったです。

「今回こそ何ごともなく終わらせようと皆、手を尽くしてくれていたとは思うが、まさかこんなことが起きるとは予想できなかっただろう」

そう言って、はあ、と額に手を置いてうなだれた。

こんなこと、か。

まあ、こんなこと、ではあるよね。

うん。

「今までのことを考えて、情報を拡散させないよう、秘密裏に事を進めていたのだが」

前回、前々回とは違う種類のものとはいえ。

婚約発表は、無事には終わらなかった。

「秘密にしたことが、完全に裏目に出ましたね」

「……完全に、裏目？」

その言葉にレオさまはこちらに顔を向け、眉根を寄せた。

む、王家の判断を否定しすぎたかな。

「完全は……言い過ぎじゃないか？」

「じゃあ完全は省いてもいいです」

「裏目は残るのか」

「だってそうでしょう」

だって最初からお姉さまが婚約者だと発表していれば、こんなことにはなっていないんじゃないだろうか。

さすがにあのキルシーの王子さまだって、レオさまの婚約者と知っていれば、お姉さまを口説くなんてことはしなかったのではないだろうか。

……いや、しなかったかな。どうだろう。

むしろ、もっとひどいことになっていた可能性もあるのか。

セイラスの第三王子の婚約者に、キルシー王子が横恋慕するとかいう。

ああ、あの様子ではやりそう。二人して手に手を取って駆け落ちしてもおかしくなさそう。

だめだ、どう考えてもとんでもない方向に行ってしまう気がしてきた。

「いや、裏目じゃないかもしれません。むしろ幸いだったかも」

私がそう言うと、レオさまは少し驚いたように、パッと顔を上げてこちらを見た。

それから口元に軽く手を当てて、首を縦に動かす。

「ああ、そうだな。裏目ではなかった」

「婚約してからの横恋慕よりは良かったです」

「ん？」

レオさまは私の発言に首を傾げる。

「はい？」

私もつられて同じ方向に首を傾けた。

なにかおかしなことを言ったかな。

レオさまは斜め下を眺めて考え込んだあと、ハッとして顔を上げたかと思ったら、慌てたように、こくこくとうなずいた。

「あっ……ああ、うん、そうだな」

「そうですよ」

「ああ、そうだ」

なぜか二人してうなずき合う、という形になった。

なんだろ、これ。

妙な空気が二人の間に流れる。レオさまは咳払《せきばら》いなんかして、どうにも気まずい。

「ま……まあ、とにかく。内密に進めていた理由は、そんなところだ」

そうしてレオさまは、話の締めに入った。

『王家の秘密』は王子たちの破壊力がすごい、という話だったか。

ワクワクするような重要機密ではなかったなあ。

そうだ、ここまで聞いたんだから、気まずさついでに訊《き》いておこう。

「ちなみに、その犯人だという女性たちはどうなったんです？」

「今どうしているかまでは知らないが、そのときは、彼女たちの親族との話し合いで片は付いたと聞いている」

話し合い。片は付いた。

つまり。

たんまり慰謝料を貰って不問にしたのかな。

うん、とんでもない重要機密ですね。

どうやら私は、『王家の秘密』を聞いてしまったらしいです。

◇

三段のケーキスタンドは、着々と隙間が空きつつあった。

「このクッキー、美味しいですね。杏《あんず》のジャムが合ってます」

「こっちの木苺《きいちご》のケーキも食べてみろ。クリームが絶品だ」

辻褄合わせという本題が終わったためか、私たちはそんな風に気安く話しながら、お菓子を食べる。

甘いものでお腹が満たされてくると、余裕も出てきた。

ちらりとレオさまのほうを見ると、やはりくつろいでいる様子だ。

やたら美形な上に王子さまなので、私とは違う世界に生きている気がしていたけれど、中身は案外普通の人なんだなあ、としみじみと思う。

話をしていても、普通に楽しいし。

だからか私の舌の滑りも良くなってくる。

「キルシーの王子殿下とは、ご友人なんですよね」

「ウィルか。そうだ」

私の質問に、レオさまは首肯する。

「ウィルフレド殿下……って、どういう方なんですか」

「気になるか？」

からかおうと思ったのかニヤリと笑って言われた言葉に、肩をすくめる。

「そりゃあ、姉の婚約者らしいですから」

今日、出会ったばかりのはずなのにね。明日には妻と紹介されるんじゃなかろうか。

レオさまは、うーん、と斜め上を見て考えを巡らせている。

「歳が近くてお互い王子だからな、気が合うこともあって、なんとなく親しくはしているが、どういう人間かと訊かれると……まあ、一言で言うと、変わり者だな」

「変わり者？」

「ああ、キルシーは第七王子までいるからか、ウィルは王位継承権を早々に放棄している。だから気軽に我が国に遊びに来たりできるんだな」

「ええ？　放棄だなんて、許されるんですか」

驚きの情報。王子でありながら、継承権を放棄。我がセイラスではそんな事例、聞いたことがない。

「キルシーは我が国と違って順番通りじゃないんだ。王の妃も一人じゃないし、王子同士で争って、優秀な者が王になる。つい百年くらい前までは、血で血を洗う継承権争いが行われていたそうだ」

「うわあ……」

「……歴史で習ってないか」

「習ったかもしれません」

ごくたまに抜け出していたときに学ぶはずだったことかもしれない。

「まあ、周辺の国々に倣って、少しずつ穏便な……」

けれどそこで、レオさまはケーキを食べようと持っていたフォークを止める。

そしてそれを、そっとお皿の上に置いた。

それからなにやら考え込んでいる。なにか引っ掛かったみたいだ。

「どうしました？」

「……そういえば、ウィルが以前、『欲しければ奪えばいい』と言ったことが……」

「ひい」

怖っ！

「そのときは、やはりキルシーの人間は少し過激なことを言う、と思った程度だったんだが……」

目を伏せてしばらく黙り込んだあと、レオさまは肩を落とした。

「ああ──……もしかして、奪われたということなのか？」

絶世の美女の婚約者を。

「そうは見えませんでしたけど」

単純に、その場で気に入った、ように見えた。

「それに、ウィルフレド殿下は姉がレオさまの婚約者とはご存じなかったのでは」

「その……はずなんだが」

内密にはしていたけれど、絶対に彼に漏れていないとは言い切れない、ということなのかな。

「まさか、私の婚約者だから奪おうと……？」

ブツブツと、口の中でそんなことをごちている。

そして、はっとしたように顔を上げた。

「そういえば、昔から私のものを欲しがった……！」

どうやらなにかが思い当たったらしく、頭を抱えている。

うーん、幼いころからの恨みつらみがあるっぽい。どんどん思い出しているんだろうなあ。

「いや、確かにキルシー王国は欲しいものは奪えという国だが……」

「なんでそんな恐ろしい国と友好国なんですか」

「さっきも言ったが、今はそうでもない。昔はそうだった。時代とともに穏健派が増えた」

「なるほど」

「けれど、百年やそこらで、根付いている気質が消えるわけがないんだ……」

「……なるほど」

レオさまは、まだ頭を抱えている。

ちょっと落ち込みすぎではないですか。

「大丈夫ですって。私、近くで見てましたけど、その場で一目惚《ひとめぼ》れしたって感じでしたよ」

「そうか？」

私の慰めに、顔を上げる。少し縋《すが》るような目つきだ。

だから私は大きく首を縦に動かす。

「そうですよ」

「いや……でも……」

けれど安心できなかったのか、またうなだれてしまう。

普通の人みたい、と思ったけれど。

普通をすっとばしてちょっと情けなくないですか。

おとぎ話に出てくる王子さまみたい、と思ったことは、謹んで訂正させていただきたいと思います。

◇

絶世の美女を奪われてしまったことがそんなに悔しいのか、レオさまは私がクッキーを平らげてしまっても、まだ浮かない顔だ。

いつまでも、ぐずぐずと。

「あのう……そんなに落ち込まれると、こちらも落ち込むんですが」

「え？」

言われたことがすぐにわからなかったのか、レオさまは眉をひそめる。

「君が、落ち込む？」

「奪われたことがそんなに悔しいですか」

「そりゃあ奪われる対象になることが嬉《うれ》しい人間はいないだろう」

「それだけですか」

少し口を尖《とが》らせて問うと、レオさまは小首を傾げる。

「それだけ、とは？」

「わからなければいいんです」

私はすまして紅茶の入ったカップを手に取り口を付ける。

冷めてしまっていた。

「どういう……あっ」

どうやら私のことに思い至ったらしい。

「いやっ、君のことが不服というわけでは」

慌てたように両手を振っている。

いや、いいんですよ。わかってはいるんですよ。

お姉さまは、誰もが認める絶世の美女ですものね。誰だってお姉さまのほうがいいでしょう。あの婚約発表の場で、レオさまが連れている婚約者より、キルシー王子が連れている美女のほうが格上で。それだって悔しかったんじゃないんですか。

私にだって、それくらい、わかるんですよ。

伊達にこの十七年間、お姉さまと一緒に過ごしてきたわけじゃないんです。

周りの視線がどうやったってお姉さまに集中していることを、ひしひしと感じ続けてきたんです。

お姉さまは私に優しいし、自慢のお姉さまだけど、お姉さまがここまでの美女じゃなかったら、って思ったことはないって言ったら嘘《うそ》になる。

そんなことを考えていたら、なんだか悲しくなってきた。

重い空気は苦手なのになあ。

本当にもう。

いつまでも、ぐずぐずと。

「すまない、無神経だった」

レオさまはあっさりと謝罪の言葉を口にした。

そして困ったように眉尻を下げて、私を見つめている。

「いえ……」

手に持っているカップの中の紅茶に視線を落とす。覗き込んだら、どんな表情の私が映っているのかな。

王子さまに謝らせてしまった。しかもレオさまは悪くないのに。

また静寂が訪れて、窓の外から葉擦れの音がする。

「……冷めたな」

「はい」

私たちは冷めた紅茶を飲む。

楽しかった時間が、急速に過ぎ去っていく。

言うんじゃなかった。

お姉さまの代わりの急造婚約者である私は、どこまでもレオさまがお気の毒だと慰めてあげればよかった。

気を抜いてしまった。楽しかったし、話しやすかったから。だから調子に乗り過ぎたんだ。

夜も更けた。紅茶も冷めた。

きっともう、お開きだ。

これから客室に帰って、寝て、明日の朝、目が覚めたら何がどう変わっているのかな。

わからない。ちっとも想像がつかないや。

「新しい紅茶を持ってこさせ……あ、いや」

レオさまがそう言っているのが聞こえ、私は顔を上げる。

「酒でも飲もう」

「え？」

レオさまの表情を見ると、彼は口の端を上げていた。

「夜に飲むものといえば酒だからな」

「まあ、そんな感じしますけど」

「飲めるか？」

「飲めますけど……」

セイラス王国では、十六歳から飲酒が認められている。

それで、十六歳の誕生日に上等な果実酒をお父さまにプレゼントしてもらって、それを飲んだのが初めての飲酒だった。

上等だったからか、口当たりが柔らかくて飲みやすくて美味しくて、家族におめでとうってお祝いの言葉をたくさん貰って。

楽しかったな。

「もう夜も遅いが、私たちは今日、婚約したんだ。もっとたくさん話をしよう」

「……話」

レオさまはこくりとうなずく。

「私は楽しかったが、楽しくなかったか？」

私はふるふると首を横に振る。

「楽しかったです」

「じゃあ、話をしよう」

そう再度言って、微笑みを浮かべる。

「それに、私は君を『気に入って』、ぜひにと妃に望んだんだ。君のことを何も知らないと、辻褄が合わなくなる」

レオさまはおどけたように肩をすくめた。

それはきっと、彼なりの気遣いだったのだろう。

「はい」

自然と、笑みが零れた。

「はい、話をしましょう」

私たちはいずれ、夫婦になるのだから。

レオさまが侍女を呼んで指示すると、今度はテーブルの上に酒の肴《さかな》の軽食が並ぶ。それからガラガラと給仕台が引かれてきて、その上にはいろんな種類の果実酒が水差しに入れられて、ずらりと置かれていた。

「おおー」

一声であっという間に揃《そろ》うんだな。王族、恐るべし。

きっと王城の地下に果実酒が入った樽《たる》がいっぱい並んでいるんだ。そこから持ってきたのだろう。いつか行きたい。

◇

レオさまはそれらのものを手のひらで指して、私に勧めた。

「遠慮なく飲むといい」

あっ、自慢げな顔だ。

用意したのレオさまじゃないのに。

そしてまた人払いをして、二人きりの宴が始まった。

「少しずつ全部飲みましょうよ」

「そうだな」

給仕台の下の段にはたくさんグラスが用意されていたので、取り出してテーブルに並べる。

私はとりあえず三種類ほどの果実酒を、グラスに二つずつ注いでいった。

いろんな果実酒を飲み比べ。まだまだあるし。うーん、壮観。

「贅沢《ぜいたく》だなあ」

「そうか？」

くっ、この王子め。

「ではいただこうか」

「はい」

適当に手近なグラスの脚を手に取って、レオさまはそれを顔に近づけている。

「うん」

などとうなずいて満足げに微笑んでいる。

どうやら香りを楽しんでいるらしい。

レオさまの周りがキラッキラしている気がする。やたら絵になっているのが、逆に腹立たしいなあ。

私もグラスを手に取る。

レオさまのようにしてみようかとグラスを顔に近づけて匂ってみるけれど、我が家で出されているものと違いがわからない。やんごとない方々にはわかるんだろうな。

わからないのでそのまま口に含んだ。

「美味しい！」

けれどそれはわかった。

さすがは王城にあるものだ。

私を見ていたレオさまは、くくっと笑った。

「それは良かった」

なんだかご機嫌な様子だったので、ちょっとホッとする。

レオさまは一口飲んでから、こちらを見て首を傾げた。

「しかし君は、物怖じしないな」

「そうですか？」

「遠慮なく、と言うと、本当に遠慮しない」

だって遠慮なくって言われたんだから、遠慮しなくてもいいかな、と思って。

遠慮してほしいなら、遠慮してくださいって言ってほしい。

「したほうがいいですか」

「いや？　私はまどろっこしいのは好きじゃないな。その場合は遠慮しないほうが好きだ」

うわっ。

なんだか急に顔が熱くなってきた。果実酒が効いているのかな。一口しか飲んでないけど。

だって遠慮しないほうが『好きだ』って言葉だけでドキドキするの、おかしい。

「でも、たいていの場合は遠慮される。これでも一応、王子だからかな」

「へえ……」

お姉さまならどうするだろう。

確かに楚々《そそ》として、何度かどうぞと勧められてから、では……と手を付けそうな気がする。

でもきっと貴族社会では、お姉さまのほうが正解だ。

「だからだろうな」

「なにがですか」

レオさまは私を見て、感心したように続けた。

「こんなに急に婚約者にさせられて、よくあの場で動揺しなかったものだ」

「もちろん動揺はしましたよ」

「そうは見えなかったが」

「だって、動揺しているのを見せていい場合じゃなかったでしょう」

それどころじゃなかった。

とにかくあの場を取り繕うだけで精一杯だった。

私は悪くない、と開き直ったのが良かったのかな。

それに。

レオさまがいたし。

「今だって、王子である私を前にしても、特に緊張している風でもないし」

「これから夫婦になろうっていう人に、緊張したって仕方ないでしょう」

「そういうところが、物怖じしないっていっているんだ」

お姉さまの陰に隠れて放っておかれた私は、怖いもの知らずというものに育ったのかもしれないな、などと思う。

けれどそのことで困ったこともない。

だからこれでいいんじゃないかな。

「それが私のいいところです」

「確かに」

そううなずいたあと、レオさまは白い歯を出して笑った。なんだかとても、楽しそうだった。

「王子妃になるのだから、それくらい肝が据わっているほうがいいかもしれないな」

「刃物を持ったご令嬢がやってくるかもしれないから？」

そう茶化してみるとレオさまは、ははは、と声を上げて笑う。

「その場合は、私が守るよ」

うん。

やっぱり果実酒が、効いている。

◇

給仕台の上の果実酒は、少しずつ減っていっている。

それに伴って、私たち二人の会話も弾んでいった。

「でも、本当に良かったのか？」

「なにがですか」

「その……こんなに急に婚約者にさせられて」

「でもそれ以外に選択肢はなかったでしょう」

「それはそうだが」

レオさまは少しこちらに身を乗り出して、グラスを持った指を一本だけ立てて、私に向けた。

「君だって、好いた男の一人や二人、いるだろう」

きっと普通なら、こんな質問もしないだろう。

レオさまも少し酔ってきているのかな。

肌が白いだけに、ほんのりと頬が染まっているのが見て取れて、妙に色っぽい。たぶん私より色っぽい。

「いませんよ」

「今は、ということか？　初恋もまだだ、ということか？」

「初恋は……ありますよ」

思い出したくもない初恋が。

けれどそれを知らないレオさまは、気軽な調子で問うてきた。

「へえ。どんな男だ？」

興味津々、といった体《てい》で、その翠玉色の瞳をキラッキラさせながら、果実酒に口を付けている。

どうやら本当に聞きたいようですね。ではどうぞ。

「妹に近づいて、姉の部屋の場所を探ろうとしたクソ野郎です」

レオさまは飲んでいたお酒を噴き出した。

ゲホゲホとむせているので、気管に少し入ったのかもしれない。

しばらくその様子を眺める。少しして彼は、なんとか咳を止めて息を整えた。

それから、こちらを見ておずおずと口を開く。

「……仮にも子爵令嬢がクソと口にするのはいかがなものかと思うが」

「クソはクソですよ。上品に変換する気持ちにもなれません」

「なるほど」

さすがにまずいことを訊いた、と思ったのか視線を落としてから、クイと果実酒をまた一口飲んでいる。

なんだか申し訳ないような気分になったので、補足してみた。

「まあ、初恋といっても、素敵だなあ、と思った程度です」

「そ、そうか。それなら良かった……か？」

「良かったです」

そう言って話を締める。

クソ野郎は屋敷に出入りしていた商家の息子で、私のことをやたら褒めつつ近づいてきた。耐性のない私はさぞかし隙だらけだったことでしょう。私も素敵だと思ったから最初は親しく話をしていたけれど、そのうち風向きが怪しくなってきたので、お父さまに告げ口してやりました。

大激怒したお父さまが商家ごと出入り禁止にしたので、もう会うこともないでしょう。なので私は無傷です。心はちょっとばかり傷ついたかもしれませんけど。

ケッ。

「レオさまは？」

「うん？」

「レオさまは、お好きな方はいらっしゃらないんですか」

訊かれたのだから訊き返してもいいでしょう。もちろん興味津々で。

私のその問いに、彼は軽く肩をすくめた。

「いるわけないだろう。自由恋愛ができる身分と思うか？」

「思いませんけど、王子なのに自由恋愛をしてしまった人が、さっきいたじゃないですか」

「ああ、まあ……確かに」

キルシー王国は、我がセイラス王国よりも、自由恋愛を好むような印象はある。

けれどよく考えたら、お姉さまの心をかっさらった彼だって、王子なのだ。

いくら王位継承権を放棄しているといったって、普通なら、政略結婚というものをする身分なのではなかろうか。

「自由恋愛はできなくとも、してしまうことはあるんじゃないですか」

「……今は、いない」

言いにくそうではあったけれど、レオさまはつぶやくように答えた。

「じゃあ初恋は済ませているんですね。どんな方ですか？」

「……教師だ」

小さな小さな声で、レオさまはぼそりとそう漏らした。

「はい？」

耳を近づけながらそう訊き直すと、ごほん、と咳払いしてから少々音量を上げてきた。

「子どものころ、私についていた教師だ。文学を教えてくれていた」

ほほう。面白くなってきたではないですか。

「大人の魅力ですね」

「そんな感じじゃないな。はるかに年上なのに、可愛らしい人だった。明るくて、元気で」

そう語って、窓の外に向かって少し遠い目をする。思い出しているんですね、その美しい初恋を。

「そういえば、ウィルが来ているときには、一緒に授業を受けたな……」

どうやら美しくなかった。

「まあまあ、飲みましょうよ」

「あ、ああ」

お酒は楽しく。これ鉄則。

楽しい話題はなにかなあ。

どうもさっきから、楽しい話題からなぜか寂しい話題に移ってしまっている。

まあ元々、楽しいはずの夜会から、怒濤《どとう》の展開を経て私たちは今、二人でこうしているんですけれど。

「あ、そうか」

「なんだ」

元に戻ればいいんだ。

楽しいところに。

私は果実酒の入ったグラスを軽く掲げる。

「お誕生日、おめでとうございます」

私の祝辞に、レオさまは何度か目を瞬かせ。

そしてゆっくりと口元を綻ばせた。

「ありがとう」

レオさまの微笑みは、やっぱりキラキラ輝いていた。

◇

訊けるところは訊いておこうと、私はレオさまを質問攻めにしていた。

だって私、王子妃になるらしいけれど、なんにも知らないんだもの。

心の準備というものは必要でしょう。

レオさまもそれはわかっているのか、律義に答えてくれている。

そして、いくつ目かもわからない質問をしていたときだ。

「王太子殿下はどんな方なんですか？」

「ああ、ディノ兄上は、大きくて……」

そしてそこで、言葉が止まった。

あれ、と果実酒から顔を上げると。

うつらうつらと舟を漕《こ》いでいるレオさまがそこにいた。

「レオさま？」

「あ、ああ……」

呼べば目を覚ますけれど、またすぐに舟を漕ぎ始める。

「もう、寝たほうがいいんじゃないですか」

窓の外に視線を移せば暗闇がそこにある。もう真夜中だ。それにお酒も入ったし、眠くなっても仕方ない。

「……ああ、そうだな」

そう答えると、ふらりと立ち上がる。そしてそのまま、よろよろと歩き出す。どうやらその先にある扉の向こうが寝室なのだろう。

足取りがおぼつかない。大丈夫かなあ。

「あの、どなたかを呼びましょうか」

「いや、いい」

手を上げて、こちらにひらひらと振ってくる。

「でも……」

「大丈夫だ」

そうかなあ。

というか王子さまって、一人で着替えたりできるのかな。寝るのなら寝衣に着替えないといけないでしょう。

そんなことを考えて、レオさまの背中をハラハラしながら見送る。

けれど寝室の扉の前でピタリと立ち止まると、彼はこちらに振り向いた。

「君も、部屋に帰るといい。外に侍従がいるだろう。案内してもらって」

「あ、はい」

なんだ、しっかりしている感じだ。心配するほどでもなかった。

「では、また明日」

「はい、また明日」

確か、昼食は国王陛下と王妃殿下との会食だったはずだ。

そこでまた、辻褄合わせが始まるのかな。

私はレオさまの婚約者として出席するわけだけれど、いろいろ大丈夫なのかなあ。

まあいいや。私、まったく悪くないし。

とにかく早く寝て、明日に備えよう。もう遅いし。

そんなことを考えながら、ソファから立ち上がる。

それを見たレオさまは扉を開けて、寝室の中に入って行く。

私は一礼すると身を翻して、部屋を出ようとしたのだけれど。

背後から、バタン、と扉を閉める音がして、そのあとドサッという音が追加で聞こえて振り返る。

「……え」

寝室の扉の中からだ。

嫌な予感しかしない。

慌てて寝室の扉の前に駆け寄る。

「レオさま？」

呼びかける。返事はない。

「レオさま！」

音量を上げて呼ぶけれど、やっぱり返事はない。何度かノックをしても反応はなかった。

やっぱり飲み過ぎたのかな。振り返って給仕台を見てみれば、確かに用意された果実酒は大半無くなってしまっているけれど。

どうしよう。誰か呼んだほうがいいのかな。

でもそれって、レオさまが中で潰れていたとしたら、王子が侍従の人たちに醜態を晒《さら》すってことになるんじゃないだろうか。

それは可哀想な気がする。やっぱり王家の方々には威厳というものが必要でしょう。

よし、一応、開けてみよう。

本当に深刻ななにかだったら、助けを呼びに行こう。

念のため、もう一度ノックして反応がないことを確かめて、私はドアノブに手を掛けた。

「開けますよー……」

婚姻前の淑女たるもの殿方の寝室に立ち入るなど、と諫《いさ》められる行動な気はするけれど、この場合は仕方ないでしょう。

そうっと扉の中を覗くと、寝室は薄暗かったけれど、大きな窓から入る月明かりで、真っ暗闇ということはなかった。

そして、いた。レオさまが、床に、伸びている。

まさか、気を失って倒れている……わけではないよね。

そうする必要はない気はするけれど、なんとなく、足音を忍ばせて入室して近寄ってみる。

「レオさま？」

脇にしゃがみ込んで呼びかける。すると健やかな寝息を立てているのが聞こえた。ほっと安堵の息を吐く。

……けれど、王子さまの醜態を見てしまった。いけないものを見た気分だ。

大丈夫、黙っておいてあげますからね。私、婚約者ですし。

「レオさまってば」

返事がないので、軽く身体をゆすってみる。

すると、ううーん、と反応があった。

「……あれ」

何度か目を瞬かせて、こちらを見上げてくる。

この状況をわかっているのかいないのか、ゆっくりと両手をついて起き上がると、その場に座り込む。

そして、ああ、と小さく漏らした。

「……寝ていた」

「寝てましたね」

そう答えると、レオさまは片手で顔を覆って俯《うつむ》いた。

あれかな、少しでもお酒を飲むと急激に眠くなる人がいるみたいだけど、レオさまもそういう人なのかもしれない。

しばらく二人して黙り込む。時間が止まったみたいだ。

なんでだろう。寝室の中で二人きり、という状況なのに、まったく危機感を覚えない。

婚約者としてこれでいいのか、逆に心配になってきます。

「レオさま、しっかりしてください」

「すまない……」

「私は大丈夫です、とにかくベッドで寝ましょう」

「ああ。私は、すぐに眠くなる質《たち》だから、つい」

「やっぱり」

でも言葉ははっきりしている。酔っ払い、というわけでもないのかな。

レオさまは気だるげに立ち上がり、今度こそベッドに向かって歩いていった。私はそれについていく。

着替えは、もういいでしょう。ひと寝入りしたら目も覚めるかもしれないし。とにかく風邪を引かないようにしないと。

レオさまは、五人は寝られそうな天蓋付きのベッドの脇に立つと靴だけは脱ぎ、そしてパタンとベッドの上に倒れ込んだ。

そんな気してました。案の定です。

「レオさま、ちゃんとベッドに入ってください」

「うん……」

なにやらもぞもぞと動いているけれど、ベッドの中央にわずかに寄っただけだ。

子どもみたい。なんか可愛い。

「はい、入って」

私はベッドの足元のほうに畳まれていた厚手のブランケットを広げる。

レオさまがまあちゃんと横になっているのを見て、その上にそれを掛けた。

よし、任務完了。

「じゃあ、おやすみなさい」

ポンポン、とブランケットの上を軽く叩《たた》く。

するとレオさまがこちらを見上げてきた。

上目遣いの翠玉色の瞳が私を射抜く。

そして腕がこちらに伸びてきて、大切ななにかを触るように、そっと私の頬に指先が当てられた。

私はその間、拘束されたかのように、されるがままになってしまっていた。

「ああ、そうか……」

「な、なんですか」

「私は、コルテス領で一番美しい蒼玉を手に入れたのか」

「な」

「君の瞳は、蒼玉のように美しいな」

「……え」

「私の、蒼玉」

それだけ言うと、レオさまは目を閉じて、そしてまた安らかな寝息を立てだす。

けれど私は微動だにせず、その寝顔を見つめることしかできなかった。

一瞬、心臓が止まるかと思った。昇天してしまったらどうしてくれるんだ。

なんてことを言いだすんだ、この王子さまは。

あっ、そうか。これか。

セイラスの王子さまたちに備わっている魅了の力はこれか。

すごい。破壊力が凄すぎる。

だって、顔が熱くて、身体が固まってしまって、なにもできなくて、他のものは目に入らないくらい、レオさまだけをただ見つめてしまっているのだもの。

こんなに熱烈な賛辞を聞いて、耐性のない私が動けなくなるのは仕方ないのではないだろうか。

こういうとき、どうしたらいいのかさっぱりわからず、うろたえるしかできない。

とはいえ、しばらくすると硬直状態も解けた。危ないところだった。石かなにかにさせられるところだった。

まずいまずい。

早くこの場を立ち去らないと、良からぬことが起きる気がする。

そうして踵《きびす》を返そうとすると。

「ん？」

くん、と引っ張られるような感覚がして振り返る。

レオさまの手が、しっかりと私のドレスの袖口のレース部分を握っていた。

いつの間に。

しかも、なんでよりにもよって、そこを。

そっと指の近くを握って引っ張ってみるけれど、離れそうにない。これ以上やったら、きっとレースが破れる。

気持ちよさそうに眠っているレオさまには申し訳ないけど、これは起きてもらわないと。

「レオさま」

「うん……」

「レオさま、起きてください」

「うん……」

返事はするのにまったく起きる気配がない。仕方ない。

「ちょっと失礼します」

レオさまの指を取って、一本一本引きはがそうと試みる。

くっ、固く握ってる。しかも袖口を握られているせいで、片手しか使えなくて力が入らない。この王子さま、なにをしてくれてるんですか。

今度こそ、誰かを呼ぼう。もうちゃんとベッドに寝ているんだから、醜態とは言えないだろう。

「あのー」

こわごわと、声を出してみる。けれどなんの反応もない。

さっきレオさまが侍女たちを呼んだときには、そんなに大きな声じゃなくてもすぐに誰かがやってきたのに。

「あのう、すみませーん」

けれど、あたりはしんとしている。

「誰かー！」

思い切って大声を上げてみるけれど、誰も来ない。物音もしない。

すーっと血の気が引いていく感覚がする。

まさか。これまさか、気を利かせている……？　レオさまの声じゃないと、誰も動かない……？

嘘でしょう。もし今、酔ったレオさまが豹変《ひょうへん》して私が襲われたとしたら、誰も助けてくれないの？

この王家の手先どもめ！

いや王城に勤めているからには手先なんだけど。

でももし、さっきレオさまが寝ていたのではなくて倒れていたんだとしたら、私の声でもレオさまを助けるために動かないといけないのでは。……いやその場合は、私は扉を開けて外に助けを求めに行くだろう。それなら問題はないのか。

今度、王城にお勤めの人たちの心得も訊いてみよう。

まあそれはそれとして。今のことだ。

というか、今の私の大声で、なんでまだ起きないんだろう。

うーん。困った。

「レオさまー、起きてくださいよ……」

今度はもうまったく返事をしなくなった。

完全に、寝ちゃいました。

私は仕方なく、ベッドの端に腰掛ける。

まあ、レオさまが豹変するなんて要らぬ心配かもしれないな、とその寝顔を見ながら思う。

「つるっつるだなあ」

陶器のような肌、とはこれだな、と思うくらいだ。お姉さまに勝るとも劣らない。もし女に生まれていたら、それはそれは美女であったことでしょう。

欠伸がひとつ出て、私は口元に手をやる。

眠くなってきた。私だって早く寝ないといけないのに。

まあもう、いいか。婚約者だし。

私、まったく悪くない。

◇

「うわあ！」

耳元で大きな声がして、私はゆっくりと目を開ける。

すると、目を見開いてこちらを凝視しているレオさまがそこにいた。

寝室の大きな窓からは、爽やかな朝の光が差し込んでいる。

「あ、おはようございます」

「えっ、なんっ、なんでっ」

動揺しすぎたのか、こちらを見たまま後ろ手に手をついて、ざかざかとベッドの上を後退している。

「あ」

落ちますよ、と忠告しようとしたけれど間に合わず、

「うわあ！」

またも大きな声を上げて、レオさまは背中から落ちていった。

私の目には、逆向きに伸びた足が二本、ベッドの向こうから生えているように見えた。

どうしていいかわからずに、そのまま黙って見ていたけれど、少ししてその足がぱたんと折られてベッドの上に倒れてくる。

「大丈夫ですか」

私はベッドの上を這《は》いつくばってそちらに向かい、両手でそれぞれの足首を持った。

「持つな持つな」

「引き上げようと思って」

「しなくていい」

「はい」

手を離すと、ずるずると足がベッドの向こうに落ちていき、ひょっこりとレオさまが顔を覗かせた。

そして手をついてベッドに上がると、そのままそこで座り込んだ。

俯いて顔を上げないまま、ぼそぼそとしゃべり始める。

「……ちょっと……変なことを訊くが」

「はい」

「……して、ない……よな……？」

私はその言葉に、あんぐりと口を開けた。

「覚えてないんですか！」

割としっかりしているように見えたのに！

これは、ひどい！

「してませんよ！　私、清い身体です！」

強く自己主張すべく、そう大声を出すと、レオさまは安心したのか顔を上げた。

「そ、そうか。そうだよな」

「はい」

「その場合は、さすがに覚えているよな」

「たぶん」

こくこくとうなずく。

そんな私を見て、ほっと胸を撫《な》で下《お》ろしてから、彼はおずおずと口を開く。

「その……どうして部屋に戻らなかったんだ？　それで、どうして……一緒に寝ているんだ？」

やっぱり覚えていないのか……。

つまり、蒼玉発言も覚えていない、ということなのかな。

「どこまで覚えてますか？」

「ええと……」

頭に手をやって、レオさまは考え込んでいる。どうやら昨夜の記憶を辿《たど》っているらしい。

「君に……質問攻めにされていた記憶はあるな……」

あのあたりまでか。

じゃあ、うつらうつらとし始めたころから途切れているのかな。

「レオさまは、私にちゃんと部屋に戻るようには言いました」

「そ、そうか」

安心したのか、いくぶん表情が和らいでいる。しかし続けさせていただきます。

「それから、自分で寝室に入っていって」

「ああ、……え？」

そこで小さく首を傾げる。それならこんなことにはなっていないだろう、と顔に書いてあった。

「まさか」

「そのあと、寝室の中でなにかが倒れた音がしたので、様子を窺《うかが》うためにドアを開けました」

「レオさまが床で寝ておられました」

私がそう告げると、彼は頭を抱えて身体を前に倒した。

こんなことになった理由が、なんとなく推測できたのだろう。

「最低だ……」

「いや、最低とまでは」

豹変して襲い掛かってきて私がぶん殴る、までいくと最低でした。

けれどレオさまはまだブツブツごちている。

「ああー……ついうっかり」

「案外、脇が甘いですね」

あと少しでベッドだったのに。

「ほっとけ」

ぱっと顔を上げて、少し唇を尖らせている。む、ちょっと可愛いな。

「それで君は、私をベッドに運んだと」

「いやさすがにそれは」

私はひらひらと顔の前で手を振る。

私、そんなに力持ちじゃないです。

いやどうかな。やる気になればできたかも。お母さまによると、私、少したくましいらしいし。

「そのときはすぐに目を覚まされたので、自分の足で歩かれましたよ」

「あっ、少し記憶があるような」

ちょっと嬉しそうにそんなことを口にする。

そこだけ記憶があっても、どうしようもないですけどね。

でもこの様子では、蒼玉発言は覚えてなさそうだ。覚えていたら、たぶん、もっと身悶《みもだ》えている気がする。

そうか、覚えていないのか……。

なんだか少し、肩が落ちた。

「で、ベッドに入ったはいいですが、私のこの袖口を握ったまま放さないので」

私は自分のドレスの袖をレオさまの前に差し出す。握られていたところが皺《しわ》になっていて、せっかくの綺麗なレースがよれている。

レオさまはそれを、眉根を寄せて見つめていた。

動かぬ証拠を突き付けられた犯人の顔は、こんな感じなのかな。

「だから、やむなく私はベッドの隅っこで寝るしかなかったんですよ」

「そう……か、すまない」

「はい」

そうして私たちは向かい合って座り込んだまま、黙り込む。

窓から燦燦《さんさん》と降り注ぐ陽の光も、私たちを照らすことはできないのかもしれない。どんよりとした空気が漂っていた。

「覚えていない……」

しばらくするとレオさまはぼそりとそうつぶやいて、深く深くため息をついてうなだれた。

「今まで、酒を飲んで記憶がなくなるというのは、醜態をごまかすための嘘だと思っていた……。嘘だろう……本当に記憶がない……」

呆然《ぼうぜん》と空中の一点を見つめている。

どうやら本気で落ち込んでいるらしい。

まあ、そういうこともあると知れて良かったのかもしれないし。

「ひとつ、賢くなりましたね」

「馬鹿にするな」

「してません」

「いや、馬鹿だな……」

そう自分で肯定して、何度目かもわからない大きなため息をつく。

余計に落ち込ませてしまった。

「いつも、酔っ払ってしまうんですか？」

酒癖が悪いのはどうかなあ、と思うんですが。婚約者として。

けれどレオさまは、ぶんぶんと顔の前で力いっぱい手を振った。

「まさか！　いつもは嗜《たしな》む程度だ」

「なのに今回は飲んでしまったんですね」

小首を傾げてそう問うと、レオさまはバツが悪そうに目を逸らして答えた。

「いや……君がどんどん勧めるものだから、つい」

「私が？」

「勧めただろう」

頬に手を当てて考えてみる。

レオさまが、ちょっと放っておくとすぐに落ち込むので、「まあまあ、飲みましょうよ」と勧めた記憶がある。

うん。

私、割と、悪かった。

これは素直に謝っておこう。

私はぺこりと頭を下げた。

「申し訳ありません」

「いや……断らずに飲んだのは私だ」

「ご厚情に感謝します」

どうやらお咎《とが》めはないらしい。よかった。優しい。

レオさまは、しかし続けた。

「それより、誰か呼べばよかったと思うのだが」

少々、非難めいた視線でこちらをじっと見つめてくる。

けれどそれには謝れません。

「呼びました」

「えっ」

私の返答に、目を見開いている。

レオさまはいつも、呼んだらすぐに誰かが来るんでしょうね。

「誰も来ませんでした」

「な……んで」

呆然としてそう返してくる。けれどおおかた、答えはわかっているんじゃないでしょうか。そんな感じがします。

「たぶん、気を使ったんじゃないですか」

「ということは」

「誤解されているでしょうね」

「あー！」

レオさまは再び頭を抱えた。

この様子ではおそらく、品行方正な王子さまで通っているんでしょう。それが崩れてしまうのは、ちょっと可哀想かなあ。

でももう、どうしようもないし。

「いや、でも、誤解なんだから、いつかは解けるだろう」

諦めきれないご様子ですけど。

私は昨夜、諦めましたけどね。

レオさまは自分で言った言葉になにか思うところがあったようで、顎に手を当てて少し考え込んだあと、ぼそりとしゃべり始める。

「誤解……」

「はい？」

「誤解で間違いないよな？」

「え？」

「本当に、なにも……してないよな？　それ以前のこととか……」

うっ。

あれかな、口づけすらしていないのか、という意味かな。

そういうことなら、していないけれど。

蒼玉発言は、なにかしている、という範囲のことではないし。うん。

「していませんよ」

「そうか」

「あっ」

思いついて手を叩く。

レオさまは嫌な予感がしたのか眉根を寄せた。

「なんだ」

「してるって言えば、弱みが握れたのかなって」

「握るな」

「はい」

「いや……ある意味、握られたのか……」

すぐ落ち込むなあ、この王子さま。

このどんよりした空気を打ち砕く可愛い冗談のつもりだったんだけれど。まあ本心が混じっていたことは否定しませんけどね。

とにかく、これからはレオさまの前では迂闊《うかつ》なことは言わないように気を付けよう。

レオさまは少ししてパンッと両手で膝を叩いた。

「まあ、こうしていても仕方ない」

それには同意します。

ベッドから降りると、レオさまはすくと立ち上がった。

彼は私がベッドから降りるのを待って、それから扉に向かって一緒に歩き出す。足を動かしながらレオさまは話し掛けてきた。

「とにかく、ソファで寝込んでしまったということにしよう」

また新たな辻褄合わせが始まってしまった。

でもまあ、それでごまかせるならそのほうがいいので、了承する。

「わかりました」

私の返事を聞くと、彼はひとつうなずいてから寝室の扉を開ける。

しかしレオさまはそこで立ち止まってしまった。

なんだろう、と肩越しに見てみると、綺麗に片付いたテーブルがそこにある。

どうやら私たちが眠っている間に、どなたかが片付けたらしい。

「ああ、ごまかせませんね、これ」

私がそう断言すると、レオさまは膝から崩れ落ちた。

◇

少しして、部屋のドアがノックされた。

「お目覚めでしょうか、レオカディオ殿下」

侍女の人の声だ。

その声に慌ててレオさまはバッと立ち上がる。

「ああ」

「失礼いたします」

ほら。その程度の声でもちゃんと聞こえている。今声を掛けたのだって、中で人が動いた気配を感じ取ったからだろう。

やっぱり昨日の私の声も聞こえていたんじゃないのかな。

「おはようございます、レオカディオ殿下」

何人かの侍女と侍従が入室して、頭《こうべ》を垂れた。

「おはよう」

あっ、またキラッキラし始めた。

「すまない、いつの間にか寝入ってしまって」

「さようでございましたか」

「彼女のご両親も心配しているだろう。部屋に送ってくれないか」

「かしこまりました」

どうやら、とにかく何ごともなかったように振る舞うことにしたらしい。

ならば私もそうするべきでしょう。

私はレオさまのほうに振り返ると、丁寧に淑女の礼をした。

「ではレオカディオ殿下、昨夜、殿下の御前で眠りに落ちてしまいましたこと、また改めて謝罪させてくださいませ」

「あっ、ああ」

「では御前、失礼いたします」

そう告げると、ひとつ頭を下げて礼を解く。

レオさまはそれで肩の荷が下りたのか、落ち着いた声音で私に話し掛けた。

「ああ、ではまた昼に」

「はい、また昼に」

するとレオさまは、わずかに眉をひそめ、そして口元に手を当ててなにやら考え込んだ。

そういえば昨夜、似たようなやり取りをしたのだっけ。

それを思い出しているのかもしれない。

4．これから始まる

また侍女や衛兵に囲まれて、城内を移動する。

レオさまと一緒でなくともこんなに厳重なのか、と心の中で驚きながらも、動揺を悟られないようにしずしずと進む。

とはいえ城内はけっこう入り組んでいて、確かに案内なしで部屋には戻れないだろうな、と勝手に納得もした。

「こちらです」

衛兵が二人、前に出て、両開きの扉を開ける。

おお、なんかすごい。

……うん？　両開き？　昨日、入城したときに案内された部屋はそうだったっけ。

疑問に思いつつ、部屋の中に歩を進める。

しかし思わず、立ち止まってしまった。

あれ、やっぱりこの部屋じゃない。昨日案内された部屋は、こんなに広くて調度品もやたら豪華でふかふかの絨毯《じゅうたん》が敷かれている部屋じゃなかった。

「あのう」

振り返って、傍に控えている侍女の人に話し掛ける。その人はかしこまって答えた。

「なんでございましょう」

「あの、このお部屋、昨日のお部屋とは違うような……」

「はい。警備の都合上、誠に勝手ながら、こちらに変更させていただきました」

にっこりと一分の隙もない笑みを浮かべた侍女は、そう私に告げた。

「警備」

「はい、警備の都合上」

「私に、警備？」

「はい、王子妃になられるお方ですから」

「王子妃に」

「はい、王子妃になられるお方です」

そう言われるとそうなんですけど、どうにもまだ実感が湧かない。

王子妃って、いつもこんな感じなんだろうか。それとも、まだどこぞのご令嬢が突撃してくる可能性があるから、厳重なんだろうか。

私が動けずに立ち尽くしていると、侍女は続けた。

「朝食はいかがなさいますか」

「えっ」

「それとも、少しご就寝なさいますか。昼食は国王陛下と王妃殿下との会食のご予定になっておりますので、それまでにはお起こしいたしますが」

「あっ、じゃあ……少し、寝ます」

昨晩はベッドの隅っこで寝ただけだから、できれば仮眠したい。

侍女が就寝を提案してきたのは、私が昨日、寝ていないであろうことへの配慮だろう。

それが誤解に基づくものかどうかは謎だけれど。

「かしこまりました。ではこちらへ」

「えっ」

うながされるまま動くと、寝室に案内された。レオさまの部屋のものほどではないけれど、広いベッドが置いてある。

「では失礼いたします」

「えっ」

侍女たちが何人か私の周りに群がり、あれよあれよという間にドレスを脱がされ、軽く清拭《せいしき》され、寝衣に着替えさせられる。

「もし空腹をお覚えになられましたら、よろしければ、こちらにご用意したものをおつまみくださ い」

そう言って、ベッドサイドテーブルを手のひらで指す。水差しと、チーズやらハムやらフルーツやらが盛られたお皿が置いてあり、私がそちらを見たのを確認すると、別の侍女がそれらにそっと布巾を被せた。

「ではおやすみなさいませ」

侍女たちは一礼してそう挨拶したかと思うと、寝室からぞろぞろと出て行ってしまう。

「えっ」しか言えずに呆然《ぼうぜん》としている間にすべてが終わっていて、気が付いたら私はベッドに横たわっていた。

恐ろしい。

愕然《がくぜん》としてベッドの天蓋を眺めながら、私は思う。

一晩で！　待遇が変わった！

そうか。私、そのうち王子妃殿下とか呼ばれるようになるのか。

うわあ、すごい。

権力に溺れる人の気持ちがよくわかる。

すっごく気持ちいい。

私はたぶん溺れる側の人間だから、気を引き締めないとなあ。

ベッドもふかふかだ。レオさまのベッドもそうだっただろうけれど、私が寝たのは端っこだったし。寝衣もシーツも肌触りがものすごくいい。

そうして私はすぐ、眠りに落ちていったのだった。

◇

少しすると、目が覚めた。

そんなに長い時間は寝ていない気がする。

昨夜、まったく寝ていないわけではなかったからかもしれないし、あんまりふかふかすぎて熟睡できなかったからかもしれない。

両腕を上げて、伸びをする。それから、ふう、と一息ついた。

さて起きるか、とベッドから足を下ろすと。

「お目覚めでしょうか」

寝室の外から声が掛けられる。

嘘《うそ》っ！　ちょっと動いただけで察した。

すごいよ、王城にお勤めの人たちが凄すぎる。

「は、はい」

「失礼いたします」

ゆっくりと扉が開き、また何人かの侍女がぞろぞろと入室してくる。

「お召し替えのお手伝いを」

「あ、はい」

そしてまた数人の侍女たちに取り囲まれ、ドレスに着替えさせられる。

これ、昨日の夜会前にやって欲しかったなあ。

そうしたらレオさまだって、もう少し落ち込まずにいられたかもしれないのに。

「プリシラさま」

呼びかけられて振り返る。

おそらく侍女たちの中で一番年長であろう女性が私に頭を下げてから、挨拶を始めた。

「私は、セイラス王城で侍女頭をさせていただいております、クロエと申します。プリシラさまが城内にいる間、お世話を申し付かりましたので、なんなりとお申し付けくださいませ」

「は、はい。よろしくお願いいたします」

侍女たちは一様に、襟と袖口だけが白い紺色のお仕着せを身に着けているけれど、彼女が着ているお仕着せの襟には、三本の紺色の細いリボンが縫い付けられていた。

侍女頭。このお城で一番偉い侍女だ。

そんな人が私に付くとは、本当に待遇が変わったんだなあ、と心密かに悦に入る。

「国王陛下との会食の前に、ご家族で話し合われることもございましょう。こちらにお呼びしておりますので、どうぞお会いになってくださいませ」

しかし彼女は微笑を浮かべながら、そう続けた。

これは。

待遇が変わったというより、監視の意味合いが強いのかもしれない。

今言われたことは、遠回しではあるけれど、これからコルテス子爵家で集まって辻褄《つじつま》合わせをしろ、ということだ。

そして今からは間違いなく、一挙手一投足、監視されて管理されるのだろう。

うわあ、権力に溺れている暇はなさそうだ、と少々気を引き締めてみる。

そんな私の心の動きを知ってか知らずか、それからすぐにクロエさんは私をうながして、客間に向かった。

するとそこには、お父さまとお母さま、そしてお姉さまが待っていた。

さすがにあのキルシー王子のウィルフレド殿下はいない。

まあ、隠し事をするのは、あの方に対してだもんね。そりゃそうでしょう。

「人払いはいたしますので、どうぞごゆるりとお話しくださいませ」

侍女頭のクロエさんはそう言ってにっこりと笑う。

そして他の侍女や侍従や衛兵が客間からいなくなっても、クロエさんは壁際に控えたままだった。

人払いの人の中にクロエさんは含まれないらしい。

やっぱり監視要員かなあ。

「プリシラ……！」

来客用のソファに座っていたお母さまが立ち上がり、私のもとに駆けてきた。

そして腕を広げてぎゅっと抱きしめてくる。

なんだなんだ。

「心配したのよ、プリシラ」

「なにを？」

私が小首を傾げてそう返すと、お母さまは身体を離して、私の両肩を持った。

なんだなんだ。

「だって、夜遅くになっても帰ってこないから……」

見てみると、お父さまもお姉さまも、私を不安げな瞳で見つめている。

ああ、そうか。そうだよね。

怒濤《どとう》の展開の繰り返しで私の中で薄まっていたけれど、そりゃあ心配だよね。

「なにを？」とか言っている場合じゃなかった。

「ごめんなさい。レオカディオ殿下とちょっと話が盛り上がって、いつの間にか寝てしまいました」

「そ、そうなの？」

「はい。上等なお酒もたくさんいただいたから、つい」

「その……レオカディオ殿下とは……」

上目遣いでぼそぼそと、そう問うてくる。

やっぱり心配なのはそこですよね。

「特になにも」

「なにも？」

「むしろ婚約者としてこれでいいのかと悩むくらいに、なにも」

あっけらかんとした口調だったからか不審には思わなかったようで、三人はいっせいに、ほっと息を吐いた。

ついでに、壁際に控えているクロエさんも息を吐いた。

お父さまは安心しすぎたのか、ははは、と笑う。

「プリシラが相手だとそういう気にはならないかもな」

ぶん殴りたい。

お母さまが代わりに振り返って睨《にら》みつけると、お父さまは身体を丸めて縮こまっていた。

「プリシラ」

お姉さまがソファから身を乗り出すようにして私を呼ぶ。なんだか泣きそうな顔をしていた。

私は慌ててそちらに駆け寄ると、お姉さまの横に座って、その手を取った。

「本当になにもなかったから、心配しないでください」

お姉さまの琥珀色《こはくいろ》の瞳が潤んでいる。

この様子では、かなり心配していたのだろう。

「本当？」

「はい」

なので私は、大きくうなずいてみせる。

まあ婚約者とはいえ、やはり婚姻前にそういうことになるのはよろしくないですもんね。

「ま、まあ、レオカディオ殿下のような素晴らしい方が、そのような節操のないことはなさらないだろう」

咳払《せきばら》いをして、お父さまがそんな言い訳がましいことを口にする。クロエさんの目を気にしたのかもしれない。

そしてクロエさんがそれに応えるように、何度もうなずいたのが目の端に見えた。

あっ、これ、「幼いころからお世話してきたので溺愛しています」ってやつかもしれない。

今後、発言には気を付けよう。

「お父さま、それより」

辻褄合わせだ。そのための時間だ。

「ああ」

お父さまもそれはわかったのか、短く相槌《あいづち》を打つ。

人払いはしているし、クロエさんはおそらくすべてを把握している。けれど私たちは顔を寄せ合って、ぼそぼそと話し合った。

「陛下は、アマーリアとの縁談は、最初からなかったことになさるおつもりだそうだ」

「私も、レオカディオ殿下にそう言われました。それで、二女を選んだのは、殿下が私を気に入ったから、ということにするそうです」

「お気の毒に……」

「お父さま？」

睨みつける。自分で言うのはよくても、他人が言うのは許しません。

お父さまは慌てて頭を下げた。

「すまん」

わかればよろしい。

「プリシラは私に似ているから、つい」

その事実は、レオさまには知られないほうがいい気がする。なんとなく。

「そこで心配なのが、アマーリアだ」

お父さまはお姉さまのほうに振り返って、そう話を切り替える。

お姉さまは慌てて背筋を伸ばした。

「このことは、ウィルフレド殿下には一生黙っていなければならない」

「はい」

「添い遂げるつもりなのだろうが、墓に入るまで、黙っていられるか？」

「はい」

お姉さまは、こくりとうなずく。

「それがご迷惑をかけた方々のためになるというのなら、わたくしは必ず成し遂げてみせます」

密命を帯びた間諜《かんちょう》のような顔をして、お姉さまは滔々《とうとう》とそう語った。

あんなに自分の意思というものを表に出してこなかったお姉さまが、一晩でこんなに変わるものなんだなあ、となんだか感慨深い。

「お姉さま、怒られませんでしたか？」

そこはちょっと心配だったので、訊《き》いてみる。

するとお姉さまは困惑の表情を浮かべつつ、答えた。

「ええ、予定を大幅に狂わせてしまったのですものね、謝罪しなければと思ったのだけれど、『最初からなかったこと』だから、なにも言うなということらしいの。これからも、決して口にするなと」

「なるほど」

「その代わり、キルシーとの親善に尽力するようにとの思し召《おぼ め》しのようだわ」

それが、今回のこの騒ぎの落としどころということらしい。

まあ、どこぞのご令嬢が刃物を持って乱入しての刃傷沙汰よりはマシだった、と思われたのかもしれないな。

「それに、このままいくと、アマーリアはキルシーの第二王子の妃だ。仮にお怒りでも、それを明言なさることはないだろう」

また一段声を低くして、お父さまが補足する。

確かに。

けれどそれは、「このままいくと」ということだよなあ。

今は私よりもむしろお姉さまのほうが、立場が揺らいでいる。

「その……キルシー側では、お姉さまが王子妃になることは……」

だって、「セイラス王子の誕生会に行ったら妃を見つけてしまいました」、ってそんな気軽でいいんだろうか。

いくら王位継承権を放棄しているとはいっても。キルシーは自由恋愛に抵抗がないといっても。

やっぱりウィルフレド殿下は王子なのだし。本人の希望がそのまま通るものなんだろうか。

お姉さまは頬に手を当てて、小首を傾げる。

「ウィルフレドさまは大丈夫と仰ってはいるけれど、どうかしら」

「そう……ですよね」

お姉さまもこの状況に楽観的ではいられないらしい。

「でもわたくし、信じて待つわ」

けれどそう続けて、にっこりと美しい笑みを見せた。

「もうウィルフレドさま以外は考えられないもの。もし許されなかったら、修道院に入って神に祈りを捧《ささ》げながら、一生を終えたいと思っております」

胸に手を当てて、目を閉じて、修道女さながらに清らかな声でそう述べる。

昨日恋に落ちたばかりだというのに、もうそんな覚悟まで。

お姉さまの展開の早さが怖い。

「しかし、コルテス家から王子妃が二人も出ることになりそうだとは」

お父さまはソファに深く座り直しながら、そう口を開いた。

お姉さまはキルシー第二王子の妃に。

私はセイラス第三王子の妃に。

たった一晩で、弱小貴族のコルテス家がこんなことになるとは、誰も思ってもみなかっただろう。

昨日、私を囲んだご婦人たちだってそうだ。そしてちょっと気に入らない風でもあった。

でもレオさまが根回ししてくれるって言っていたし、そこは信じてもいい気がする。きっともう大丈夫。

「これからどうなるのか、想像もつかないな」

お父さまはそう言って、口の端を上げる。

うっきうきなのが隠せていませんよ。

私の代わりにご婦人方に囲まれればよかったのに。ケッ。

「ではそろそろ、昼食会場に参りましょう」

クロエさんがそう声を張った。

ということは、辻褄合わせはこんなところでいい、と判断したのだろう。

プリシラ・コルテスは、最初から、レオカディオ殿下の婚約者候補であったということ。

そして昨夜、それが公表されて確定したということ。

それさえ理解していればいい。

私なんかはうっかりしそうだから、そう思い込むくらいがちょうどいいのかな。

「では行こうか」

お父さまがそう言ってソファから立ち上がるのを見て、私たちも皆、立ち上がった。立ち上がろうとした。

けれど私だけが、もたもたとしてしまう。

うっ、ドレスが重い。

王城が用意したものだから、いつものドレスとは違う。昼食会で着るものだから、さほど華美なものではないはずだけれど、私の基準でいけば十分に豪華だ。

蒼玉色《サファイアいろ》の生地に、裾に向かって広がるように金糸で細やかな刺繍《ししゅう》がされている上に、腰から幾重にもレースを重ねて広げてあるし、ついでに言うと、首元には蒼玉があしらわれた三連の金の首飾り。

本当に昼食会だけなんですよね？　と言いたくもなる。

そりゃあ国王陛下の御前だから、それなりの装いは必要不可欠なんだろうけれど、これはやりすぎではないのだろうか、と思わないでもない。

というか、昨日の今日でよく用意できましたね。王家の力、すごい。

「立てる？」

お姉さまが横から手を差し出してくる。ありがたくその手を取り、なんとか立ち上がった。

クロエさんも私のほうに来ようとしていたけれど、それを見て手助けは必要ないと判断したのか、扉を開けようと出入口に向かった。

お父さまはもたもたとおぼつかない私を見て、笑う。

「着飾ると」

そこまで口にしたところで、お母さまがお父さまを睨みつける。

わかります。お父さまは、「着飾ると、プリシラでもそれなりに見えるな」と発言しようとしたんですね。

「ますます可愛らしいな、プリシラは」

おっと、いい感じに言い直した。良きかな。

そんな風に和やかに、私たちは歩き始める。

けれど、ほとんど密着するように私の隣にいるお姉さまが、ぼそりと口を開いた。

「ごめんなさい、プリシラ。わたくしのせいで婚約者に仕立て上げられて」

そう謝罪して、悲し気に眉を曇らせる。

「え、大丈夫です、お姉さま」

だって、本当ならどんな縁談が来るかもわからなかったのに。

なんと王子妃ですよ！　大出世ですよ！

しかもレオさまは、あんなに素敵だし。外見が。

いや中身も、案外気さくだし、優しいし、一緒にいて楽しいし。

むしろお姉さまが謝るべきはレオさまなのでは。

美女を横からかっさらわれて、本当にお気の毒だし。

「でも……」

「謝らないでください。むしろ私、すごくいい立場になりましたし」

権力に溺れちゃいそうなくらいですよ。

「……ごめんなさい。本当に、ごめんなさい……」

けれどお姉さまは俯《うつむ》いたまま、謝罪を繰り返した。

あれ。なんだろ。

今、生まれて初めて。

お姉さまに、苛立った。

◇

昼食会場の中に入ると、案外、小さなテーブルが用意されていた。

もちろん極小なんてことはないのだけれど、私の想像では、ものっすごく長いテーブルが広間の中央に鎮座ましまして、目を凝らさないと国王陛下の顔も見えない距離に座ることになっていたから、ちょっと拍子抜けした。

昼食会場は常識的な広さの部屋だったし、目の前にあるのは、いたって標準的な大きさのテーブルだから、内輪での食事会が開かれる、という感じがする。

そして席は七席あった。

上座には当然、国王陛下が座るのだろう。

次に王妃殿下、その向かいにレオさま、残り四席が私たちコルテス家の席ということだろう。

そんなことを考えながら、私は末席に向かう。

するとクロエさんがそそくさとやってきた。

「プリシラさまは、どうぞこちらへ」

「あっ、はい」

うながされた席は、おそらくレオさまの隣の席だ。

そして私の正面にお父さま、その隣がお母さま、そして私の隣がお姉さまだ。

つまり、お父さまはともかく、お母さまよりもお姉さまよりも、私のほうが上座に近い。

なんだか、変な感じだ。

王子の婚約者である私は、彼らよりも位が上なんだ。

王子妃になったら、お父さまが失礼なことを口走るたびに、不敬だって責め立ててもいいのかな。

ああ、これが権力に溺れるということか。

だめだ、気を付けないと、やっぱり調子に乗りそう。

「まもなくレオカディオ殿下がお見えになりますので、そのままお待ちくださいませ」

「はい」

私たちはそれぞれの席の横に立って、レオさまの入室を待つ。

すると両開きの扉が、侍従たちの手によって開けられた。そしてその中央をレオさまが堂々と歩いて入ってくる。

今、まったく立ち止まる素振りを見せなかったな。誰かに扉を開けてもらうのが当然の生活をしているんだろうなあ。

レオさまはまっすぐにこちらに歩いてきて、そして私の横で立ち止まった。

それから少し、私をまじまじと見つめてくる。

おっ、着飾ると美しいな、とでも言われるかな。ふふふ。

「君は」

「はい」

「……元気そうだな」

元気そう。

それは、どういう気持ちで言った言葉なんですか。そして私は、どう反応すればいいんですか。

「元気ですよ」

「そうか、よかった」

「はい」

そしてしばらく、向かい合って見つめ合う。

そうしてじっと見てみると、キラッキラ加減が減っている気がしてきた。

「レオさまは、元気じゃないんですか」

「いや……」

口元に手をやって、なにかを考えている様子だ。頬が少し紅潮している。

なにを恥ずかしがっているんだろう。

やっぱりあれかな、本当は褒めようとしたけれど、気恥ずかしかったってやつかな。

だって、酔っていたとはいえ、『一番美しい蒼玉』って言われたし。

あ、思い出したら恥ずかしくなってきた。きっと私の頬も染まっている。

「国王陛下と王妃殿下がおいでになられます」

クロエさんがそう告げてきて、私たちが慌てて姿勢を正したところで、またしても両開きの扉が開かれた。

二人が並んで入室してくる。

私たちはゆっくりと頭を下げた。

「よい。楽にしてくれ」

声を掛けられ、顔を上げる。

おお、国王陛下と王妃殿下をこんなに間近に見られるだなんて。すごいなあ。

昨夜はそんなに近くで見なかったし、夜会の最後にはお傍に近づいたけれど横並びだったから、お顔まではちゃんと見えなかった。

国王陛下は立派な白い髭《ひげ》をたくわえておられて、なんだか威厳たっぷりだ。お歳の割にお肌はつやつやで、レオさまもつるっつるのお肌だから、ここにも『王家の秘密』が隠されているに違いない。

王妃殿下も、金色の髪がとても艶《つや》やかだし整った顔立ちで、華やかな雰囲気を持った美女だ。若いころはさぞかし男性たちを夢中にさせてきたんだろうなあ。

そして、レオさまに似ている。やっぱりレオさまは女だったらものすごい美女だったと思う。間違いない。

隣にいたレオさまが、私のほうを見て軽く眉根を寄せた。

「今、嫌なことを考えなかったか?」

「考えてません」

「それならいいが」

一言そう返すと、彼は正面に向き直る。

それを合図にしたかのように、国王陛下が腰を下ろすと、私たちの席にもそれぞれ侍女がついて椅子を押し込んでくれて、皆が着席した。

すると国王陛下が、こちらに顔を向けてくる。

そして、そのまま横に視線を移した。

さらにまた、私のほうを見た。

む、これは。

お姉さまと私を見比べた。今、絶対に、見比べた。

そして、「やっぱり姉のほうが美人だし、そっちのほうがよかったなあ」と思ったに違いない。

そんな顔してた。

ふむ。

もし誰かがこの先、王位簒奪《さんだつ》を目論んだとしたら、王子妃の立場を最大限に利用して協力することに、やぶさかではないですよ。

私から漂い出るそんな不穏な空気を感じ取ったのか、国王陛下はひとつ咳払いをしてから口を開いた。

「やはりレオカディオが惚《ほ》れこんだ令嬢だ。プリシラは愛らしくて人目を惹《ひ》く」

おっと、ご自分の視線の意味を変えてきましたね。

「過分なお言葉を賜り光栄です」

私は頭を下げつつ、そう返した。

わかりました、王位簒奪に協力するのはやめておきます。

しかし、惚れこんだ、かあ。確かに、どうしても二女がいいとワガママを通したということになっているから、それくらいは言葉を飾らないといけないんだな。

ちらりと横目でレオさまを見ると、特に気にならないのか、しれっとした顔をしている。

「では食事を始めようか」

明るい声で陛下がそう告げると、給仕人たちがいっせいに動き始めた。

コルクを抜いたボトルから、目の前に置かれた脚の付いたグラスにトポトポと金色の液体が注がれ、泡が立ち上る。

うわ、これ絶対、高価なやつだ。味わわなくちゃ。

皆がグラスを手に持ったことを、テーブルを見回して確認すると、陛下はひとつ、うなずいた。

「では、祝おうではないか。レオカディオとプリシラの未来と、コルテス家の発展と、そして我がセイラス王国の永劫《えいごう》の繁栄を」

そうして昼食会は始まった。

◇

意外にも昼食会は穏やかに進んでいった。

やはり美味しい食事と適度なお酒は人の心を和ませる。

「綺麗《きれい》な髪ねえ。お手入れはどうしているの？」

「いえ、特には……」

「まあ、そんなことはないでしょう？　わたくしは、エイゼンから取り寄せた香油を使っているのだけれど」

「それでそんなにお美しい御髪《おぐし》をなさっているのですね」

「あら、そんなことはないのよ？　やっぱり年を取ると艶がなくなってくるわ」

王妃殿下がお姉さまの美容についてやたら聞きたがり、お母さまがその間に入ったりしている。

くっ、私も女の端くれなのに、まったく会話に入れない。

しばらくすると、口の滑りがよくなったのか、国王陛下がレオさまに覗《のぞ》き込むようにして話し掛けた。

「しかし、レオカディオ」

「はい、父上」

「まだ婚姻前だというのに、あまり遅くまで女性を引き留めてはいかんぞ？」

その苦言に、レオさまの食器がガチャンと音を立てた。

「婚約者なのだし子ができても困りはしないが」

ズバッと切り込んできますね、陛下は。

レオさまは俯いたまま、フォークとナイフを握り締めている。

「さすがに婚約者となったその日というのは……」

「してません」

間髪を入れずにレオさまが答えた。

私も隣でこくこくとうなずく。

レオさまは大したことはないと言いたげに、ため息交じりで続ける。

「つい飲み過ぎてしまって、いつの間にか寝入ってしまったんです」

いつの間にか寝たのはレオさまだけだけどね。

「そ、そうか。それなら……いいのか？」

まあ、よくはないでしょうけれど。

「あら、別にいいではないですか」

ほわほわしたような声で、王妃殿下が割って入ってきた。

どうやら、話がわかる人っぽい。

「むしろ、男女が二人きりで部屋に閉じこもっているのに、なにもしないなんてありえないわ」

満面の笑みでそう言い切った。

話がわかりすぎる人だった。

「してません」

レオさまがフォークを握った手をぷるぷる震えさせながらそう答えた。

私は慌ててまたこくこくとうなずく。

ちなみに控えているクロエさんも何度もうなずいていた。

その話はレオさまと私にとっては大事な話題だったけれど、他の人にとってはどっちでもいい話だったらしく、また皆が雑談に戻っていく。

ふとレオさまの前を見ると、美味しいお肉が減らないままのお皿があった。

「食が進んでいませんね」

「ああ……少し」

力ない声で、レオさまは物憂げに零《こぼ》す。

見れば、先ほどの高価な果実酒もほとんど減っていない。もったいない。

なるほど。それでさっき、恥ずかしがっていたのか。

「二日酔いですね」

元気そう、というのは、自分は気分が良くないのに、なぜ平気そうな顔をしているのか、という疑問が入っていたのか。

「君はなんともないのか」

「ないですね」

「人に勧めておいて」

「すみません」

軽く頭を下げると、レオさまは小さく笑った。

「二日酔いどころか、つやつやな顔色で、見違えるほどに美しく着飾っているから、驚いた」

そしてくつくつと喉を鳴らす。

「でもやっぱり口を開くと君だったから、安心したよ」

言いながら、なんとかお皿の上のお肉を減らそうと、またフォークを握り直している。

けれど私は動けないままだった。頬が熱い。

ふと視線を感じて、そちらに顔を向けると、国王陛下が口の端を上げて私を見ていた。

そして全部わかっているよと言いたげに、片目を閉じた。

陛下も、若いころは女性を夢中にさせてきたに違いない。

◇

昼食会が終わりに近づき、テーブルの上には紅茶が出された。

レオさまは少し、ホッとしたような顔をしている。

よかったですね、さっぱりしたものを飲みたかったんですね。

「さて、これからの話だが」

国王陛下はそう切り出した。

私たちコルテス家の面々は、背筋を伸ばして陛下の話に耳を傾ける。

当然、これからの王家との繋《つな》がりについて、話をされるに違いないからだ。

陛下はテーブルの上に両肘を置き、ゆったりと手を組むと、そこに顎を乗せるようにして、少し身体を乗り出して口を開いた。

「昨夜、つつがなくレオカディオとプリシラの婚約発表も終わった」

つつがなかったかなあ。

「これから、そなたらは王家の外戚として名を連ねることとなる。ゆえに、それなりの働きも期待されよう」

「ははっ」

お父さまはかしこまって頭《こうべ》を垂れ、私たちも続いて礼をする。

「コルテス領では、質の良い蒼玉が発掘された。それを迷わず王城に報告した子爵の判断を、余は評価している」

「ありがたきお言葉にございます」

お父さまはますますかしこまる。

「それに応えるため、王城からは最大限の支援をしよう」

そう言いながら組んでいた手を解くと、陛下はレオさまのほうに視線を移す。

「近々、第三王子であるレオカディオを、コルテス領に向かわせる」

「はっ」

「婚姻後については追々の判断にはなるだろうが、レオカディオを臣籍降下させ、夫人となるプリシラと子爵とともに、領地経営に携わらせるつもりだ」

夫人。

なんだか、変なの。事ここに至っても、まだ実感が湧かないし想像もつかないや。

ちらりと横を見てみるけれど、レオさまはただまっすぐに陛下を見つめて、そのお言葉を受け入れている様子だ。

「そこで、コルテス領に王家の離宮を建てようと思う」

そんな簡単に。

陛下はたぶん、指をさしたらそこに建物が建つ人なんだろうなあ。

王家の力、すごい。

「とはいえ、今も蒼玉の採掘は進んでいるし、なるべく早くレオカディオを向かわせたい。離宮が完成するまでは、そちらの屋敷でレオカディオの面倒を見てもらえるか」

「かしこまりました」

そう了承の言葉を述べると、お父さまは国王陛下に深く頭を下げた。

レオさまも続けてお父さまに向かって口を開く。

「しばらく厄介になる」

「お任せください」

お父さまはそう請け負ったけれど、大丈夫かなあ、と私はハラハラしていた。

だって自分一人で寝衣に着替えられるのかも謎のままだし、扉は人が開けるものだと思っているし、うちの屋敷の使用人たち皆、怖気づかないかな。

けれど。

レオさまがコルテスの屋敷で生活するって、ちょっと不思議な感じがする。

それは少し、楽しみだ。

◇

国王陛下と王妃殿下は今日もお忙しいようで、話が終わるとすぐに昼食会場を出て行ってしまった。

私は隣に座るレオさまのほうを向いて問う。

「レオさま、大丈夫ですか？」

「なにがだ」

レオさまは小首を傾げた。

「うちの屋敷で暮らせますか？」

「どういう意味だ」

「うち、王子さまが来たことないので」

「なにも特別なことはないぞ。国内を移動するときは、貴族の屋敷に泊まることがほとんどだし」

そうは言うけれど、それはレオさまから見たことですよね。

たぶん周りは特別に扱ってきたと思いますよ。

「まあ、細かい打ち合わせはまたにしよう」

レオさまは席から立ち上がる。

「では失礼する」

二日酔いですもんね。早く部屋に戻りたいですよね。

「私たちも出ようか」

お父さまがそううながしたので、お母さまもお姉さまも私も椅子から立ち上がる。

そうして会場を出ると、私たちを……いや正確には、お姉さまを待ちかねていた方がいた。

言うまでもない人だ。

「アマーリア！」

「ウィルフレドさま！」

二人は駆け足で歩み寄ると、両手を胸の前で握り合った。

残った私たちは、唖然《あぜん》とそれを見守る。

レオさまは眉間を指で揉《も》んでいた。

劇場の開幕です。

「君に会えない時間が辛すぎて、居ても立ってもいられず、こうして会いに来てしまった」

「まあ、嬉《うれ》しゅうございます」

「ああ、本当にそう思ってくれるかい？」

「わたくしも、すぐにでもウィルフレドさまに会いたいと思っておりましたもの」

「アマーリア……愛しい人」

「ウィルフレドさま……」

そうして二人は見つめ合う。やっぱり、周りには誰もいないかのように。

楽団が待機していないのが不思議なくらいだ。

えっと、昨夜、会いましたよね？

まだ翌日の昼なんですけれど。その間が耐えられないんですか。

「君のいない間、私の心は木枯らしが吹きすさぶようだったよ」

悲し気に眉を曇らせて、そんなことを語る。

お姉さまは、うっとりと見つめているけれど。

そろそろ暑苦しいです。

木枯らしがビュンビュン吹いて、ちょっと凍るくらいがちょうどいいと思います。

おそらくその場にいる皆がそんなことを考えながら愛の劇場を見守る中、しばらく二人は見つめ合っていたけれど、ウィルフレド殿下のほうが顔を上げた。

「レオ」

「なんだ」

呼びかけられたレオさまは、眉間を揉んでいた指を離してそちらに視線を向ける。

「会食は終わったのか？」

「ああ」

レオさまが首肯したのを確認すると、ウィルフレド殿下はお父さまとお母さまに向き直る。

「コルテス卿《きょう》、少しの間、アマーリア嬢をお借りしてもいいだろうか。こちらの薔薇園《ばらえん》はそれはそれは美しくて、できれば彼女を案内して差し上げたい」

おっと、欲しいものは奪え、とかいうお国柄の割に紳士的だった。

お父さまは深く首を縦に振った。キルシー王子の申し出の上に、断る理由がない。

「それは娘も喜びましょう」

「ぜひお願いいたします」

お父さまもお母さまも、揃《そろ》って弾んだ声でそう答えた。

お父さま、うっきうきなのが隠せていませんよ。

二人の了承の返事を聞くと、彼は再びレオさまに顔を向ける。

「レオ、では薔薇園に立ち入るが」

「どうぞご自由に」

一応の確認のためであろうウィルフレド殿下の問いに、レオさまは手のひらを上に向けて差し出しながら、うなずいた。

あっ、だんだん面倒になってきてる。

「では行こう、アマーリア」

「はい、ウィルフレドさま」

再び二人は見つめ合ったあと、レオさまに向かって一礼した。

「では御前、失礼いたします」

レオさまはその言葉に首肯する。

それを見届けると、ウィルフレド殿下はお姉さまの肩を抱いて、寄り添うようにして歩き出した。

その二人の背中を見送りながら思う。

どうせ、「この数多の咲き誇る薔薇よりもアマーリアのほうが美しい」とか熱っぽく語るんだろうなあ。目に見えます。

そんなことを考えていると。

「……私たちも、行くか?」

「え?」

そう声を掛けられて、顔を上げる。

レオさまが横目でこちらを見ていた。

「庭園に」

「薔薇園ですか?」

「同じところには行きたくない」

レオさまは思いっきり眉根を寄せて答える。

「うっとうしいだろう」

同感です。

目の前で劇場が繰り広げられるのは、もう飽きました。

というか、はっきり言いましたね。

まあ、美女の婚約者を目の前でかっさらった人ですしね。

「二日酔いは大丈夫ですか」

「大丈夫だ」

苦笑しながらそう返してくる。

「じゃあ、行きたいです」

「そうか」

私の肯定の返事にレオさまは微笑んだ。

気を使ってくれたのかな。お姉さまだけが王城の庭園を案内されることに。

二日酔いなのに、がんばって提案してくれたのかな。

じゃあ全力で乗らないと失礼というものでしょう。

「ぜひとも行ってみたいです。楽しみです」

「それはよかった」

そう答えると、レオさまは振り返る。

「では、コルテス卿」

「はい。ぜひお願いいたします」

お父さまとお母さまは、また明るい声でそう返してきた。

なので私たち二人はその場を離れ、王城の廊下を歩いていく。

お姉さまは肩を抱かれていたけれど、当然、私たちは並んでいるだけだ。

いや、もし肩を抱かれたりしたら歩きにくくて仕方ない気がするから、これでいいや。されたことはないから、わからないけれど。

ちなみに、クロエさんも数歩あとを、しずしずとついてきていた。

なおさら寄り添って歩くとか、できるはずもない。

でももし、レオさまが肩を抱いてきたら？　私は嬉しいのかな。それとも歩きにくくて嫌だなって思うのかな。

まあ、レオさまがそんなことをするわけがないから、意味のない問いだなあ。

けれど、私たちの間にあるこの距離が心の距離でもあるのかなあ、だなんて埒《らち》もないことを考えてしまう。

そのときふと、レオさまが足を止めたので、私も立ち止まる。

なんだろう、とレオさまを見上げると、彼は前からやってくる人に目を留めていた。

「ディノ兄上！」

本当に嬉しそうに、レオさまは声を上げた。

レオさまが犬だったら、きっと尻尾をぶんぶん振っている。

呼びかけられた人は、こちらに向かってゆったりと歩いて来ながら、軽く手を上げた。

ディノ兄上。

つまり。

ベルナルディノ王太子殿下だ。

婚約発表会で、婚約者を切り付けられた人ってことですね。

レオさまは一瞬駆け出そうとしたけれど、隣に私がいるのを気にしたのか、一度動きを止めてから、また歩き出す。

あちらもこっちに歩いてきているから、どんどん近くなってきて、気が付いたら私の首は上を向いていた。

王太子殿下は大きな人だった。見上げると首が痛くなるほど。

そういえば昨夜、レオさまが「大きくて……」って言いかけていた気がする。

レオさま、大変的確な表現でしたよ。

「やあ、レオ。誕生日おめでとう」

「ディノ兄上、ありがとうございます」

王太子殿下のお祝いの言葉に、レオさまは満面の笑みで応えている。

大好きなんだろうなあ、というのが窺《うかが》い知れる。

確か、御年三十歳であらせられるはずだ。レオさまとは十三も年が離れているからか、王太子殿下の眼差しには、兄というより父親のような温かさがあった。

「夜会のほうには出席しなかったから、言っておこうと思ってな」

「わざわざ会いに来てくださったのですか、嬉しいです」

やっぱりレオさまが犬だったら、ぶんぶん尻尾を振って、さらに前足を上げて縋《すが》りついている気がするなあ。

私はその光景を見守る。初めて見る王太子殿下のお姿に興味もあるし。

王太子殿下は、本当にレオさまと兄弟なのかと思うくらい、なんというか、系統が違う人だった。身長も高いけれど、肩幅も広いし胸板も厚い。レオさまが「背が高い」ではなく「大きくて」と表現したのは、なんとなくわかる。

豪快な雰囲気を持つ人だ。思うに、斧《おの》とか持たせたら似合いそう。あと肉の塊にかぶりつきそう。

「それに、レオの婚約者を見ておきたくてな」

こちらに視線を移すと、王太子殿下はにっこりと微笑んだ。

彫りが深くて整った顔立ちをしていらして、そしてレオさまと同じ翠玉色《エメラルドいろ》の瞳をしていた。

「はい、兄上。こちらが、私の婚約者となったプリシラ・コルテス嬢です」

私側の足を半歩引いて、王太子殿下と私の間を開けると、レオさまは私を手のひらで指し示す。

私は淑女の礼をとりながら、挨拶した。

「お目もじ叶《かな》いまして嬉しく思います、ベルナルディノ王太子殿下」

「ああ、これは可愛らしいご令嬢だ」

ベルナルディノ殿下は、けれどその印象とはうらはらに、そっとこちらに手を差し出してくると、丁寧に私の手を取った。

なんとなく、がっしりと握手を交わしそうな気がしていたので、その繊細な扱いに少し驚く。

「その美しく輝く金の髪が、レオの心を照らしてくれるだろう。あなたのような方がレオの婚約者

る。

甘い言葉とは無縁かと思うような外見なだけに、口から滑り落ちるその称賛は、心に来る気がす
で嬉しく思うが」

「レオが少々妬ましく思えるほどに魅力的な女性で、心臓が早鐘を打ってしまって仕方ない」

そう大げさなほどに賛辞を呈したあと、私の指先に唇を寄せる。

なるほど。

これが王子という職業か。

そして魅了の力か。

これは世間知らずのご令嬢が、骨抜きにされても責められないのではないか。

私の手をそっと放して身体を起こすと、王太子殿下は私たちの顔を交互に見たあと、微笑んだ。

「婚約おめでとう、レオ。そしてプリシラ嬢」

「ありがとうございます」

私たちの返礼を聞くと、王太子殿下は片手を上げて、身を翻す。

「ではまた、そのうち」

「ディノ兄上。もう？」

「ああ、顔を見に来ただけだからな」

そうしてさっさと歩き出してしまう。

あとには、がっかりしたような顔をしたレオさまが残された。

そして黙ったまま王太子殿下を見送ったあと、くるりとこちらに振り向く。

「兄上は、かっこいいだろう」

どこか得意げに、けれど少し不安げに、レオさまが口を開く。

「あ、はい」

私の返事に、レオさまは唇を尖《とが》らせた。

「なんだ、その反応は」

「え？　かっこいいと思いますよ。すごく強そう」

そう補足すると、まるで自分が褒められたかのように、レオさまは胸を張った。

「強いぞ」

「やっぱり」

私たちはまた庭園に向かって歩き出す。

歩きながらも、レオさまはまだ王太子殿下の話を続けた。

「義姉上《あねうえ》が刺されそうになったときも、令嬢が相手だったとはいえ、守ってくださって頼もしかったと、義姉上は今でも自慢なさる」

「王太子殿下が自ら守ってくださったんですか」

「ああ、衛兵たちよりも誰よりも速かったと仰っていた」

「それは、素敵ですね」

「だろう？　私も兄上のようになりたいと思って鍛えている」

その発言に私は思わず口を開けたまま、レオさまを見上げてしまった。

ええ？　系統が違いすぎますよ。レオさま、あんなにたくましくなりたいんですか。

でも男の人は、ああいう男くさい感じの人に憧れるのかなあ。特にレオさまは、どっちかというと中性的だし。女だったら絶対美女だったし。憧れても仕方ないのかな。

でもなあ。

考え込んでしまった私を不審に思ったのか、レオさまは少しこちらを覗き込むようにして訊いてくる。

「どうかしたか」

「私はですね、レオさま」

「ああ」

「レオさまは、今のままでいいと思います」

レオさまが筋骨隆々になった姿って想像つかないし。今のままの王子さま然とした姿のほうが素敵だと思うし。

するとレオさまは、バッと顔を赤らめた。あっ、照れてる。ちょっと可愛い。

「そ、そうか？」

「そうですよ」

「いやでも、王子として強くあらねばならないし」

「そうありたいなら、止めませんけど」

「そうか」

「はい」

そんなとりとめのないことを話しながら、私たちは庭園に向かって歩いていく。

そうしているうち、ふと疑問が湧いたので、レオさまに訊いてみた。

さっきどこかから帰ってきた、という可能性もあるけれど。

「王太子殿下は、昨日も城内にいらしたんですか」

「そうだろうな」

歩みを止めることなくまっすぐに前を向いたまま、事もなげにそう返してくるけれど、だとすると、ちょっとおかしいような気がする。

「なのに夜会には来られなかったんですね」

わざわざ顔を見に来るのなら、そのほうが早い。私はてっきり、昨夜は公務かなにかで城内にはいらっしゃらないのかと思っていた。

そういうことかと、レオさまはひとつうなずく。

「私たち兄弟が揃うことは、ほとんどない」

「えっ」

「万が一襲撃されたときには、分散していたほうがいいだろう。王位継承順位が高位の者は、なるべく揃わないようにしている」

「そう、なんですか……」

レオさまの誕生日だったのに。

「じゃあ、フェルナンド王子殿下も」

「フェル兄上は今、家族でエイゼン王国に外遊に出ている。昨夜フェル兄上が出席していなかったのは単純に、城内にいなかったからだな」

レオさまはなにも特別なことはない、という顔をしている。彼にとっては、それはいたって普通のことで日常なんだろう。

コルテス家では誕生日は特別なもので、何をさておいても、いつも家族が揃っていた。それは別にコルテス家だけのことではないと思う。

やっぱり王家の方々は、普通とは違う暮らしをしていらっしゃるんだなあ、なんてことを考えた。

私も王子妃になったら、いろいろ変わっていくのかな。

それとも、コルテス領に移り住む、レオさまのほうが変わるのかな。

◇

しばらく歩くと、エントランスホールのような空間に出た。

王城に入場したときの入り口とはまた違うところだ。

大きな両開きの扉があるここが、庭園へと続く場所なのだろう。

「お気に召していただけるといいのだが」

そう心配を口にしながらも、レオさまは私が喜ぶことを確信するかのように微笑んでいる。

あっ、また自慢げな顔だ。

つまり、王城ご自慢の庭園ということなのだろう。

扉を守っていた衛兵が二人、私たちの姿を見ると中央に歩み寄りドアノブに手を掛け、ゆっくりと両側に開いていく。扉の真ん中から、徐々に陽光が入ってくる。

演出しますねえ。

レオさまは一歩前に出ると、私のほうに振り返り、そして手のひらで庭園を指し示した。

「どうぞ」

その柔らかな声に誘われるように、私は前に踏み出す。

開ききった扉の向こうに、その庭園は広がっていた。

緑が眩《まぶ》しくて、何度か瞬きをする。

「わあっ……」

植えられた庭木は全体的に背の低い木が多くて、開放感があった。

芝生が一面に敷かれ、花壇が至るところに配置されている。その花壇にはガーベラやパンジーなどの色とりどりの花が幾何学模様を描くように植えられていて目を楽しませてくれた。

「綺麗ですね」

庭園の中央には三段の噴水があって、陽の光を受けてきらきらと輝いている。

「だろう？」

「どの方向から見ても、美しゅうございますよ」

控えていたクロエさんがそう添えてくる。その声にも、誇らしげな響きが含まれていた。

「どうぞ中ほどにお進みください」

うながされて庭園の中央に向かって歩いて行く。

するとそこには、小さな白いテーブルと椅子が二脚あった。脇には侍女が二人いて、傍に給仕台もあり、その上にはティーセットが置いてある。

「お茶会といこう」

レオさまがそう言って、椅子に腰掛ける。私もその正面に用意された椅子に座った。

「えと、いつでもお茶会ができるようにしているんですか」

「まさか」

私の質問にレオさまは笑う。

クロエさんが補足するように、口を開いた。

「レオカディオ殿下がこちらに来られるということで、ご用意させていただきました」

いつの間に。

本当に、王城にお勤めの方たちが凄すぎる。

レオさまと私が庭園に来ると知って、先回りして準備していたのだ。

「綺麗ですね」

私は庭園に目を移すと、同じ言葉を繰り返した。

一目見れば、どれだけ手が掛けられているかがわかる。

私は椅子に座ったまま、腰を捻ってあたりを見回した。自慢したくなるのがわかる風景だ。

「喜んでいただけたようでよかった」

レオさまはそう言って、満足げに笑った。

「今度は薔薇園のほうにも行ってみるか」

「はい」

「あちらも美しいぞ。君の姉君も喜んでいるだろう」

「見ているといいんですけど」

「どういう意味だ？」

私の返事に、レオさまは首を傾げた。

「姉は今ごろ、『どの薔薇よりも美しい』って囁《ささや》かれて、うっとりとウィルフレド殿下だけを見ていますよ」

私が肩をすくめてそう答えると、レオさまはしばらく黙り込んだあと、ははっと声を上げて笑った。

「違いない」

楽しそうに笑うのにつられたのか、周りにいた侍女たちも口元を手で押さえて、ふふふと笑っている。

馨《かぐわ》しい紅茶の香り。自慢の庭園。よく気の付く侍女たち。

でもレオさまは、生まれ育ったここを離れることになる。たぶんコルテス領と王城の往復をたくさんする生活になるだろうから、完全に離れるというわけではないだろうけれど、でもやっぱり寂しいいんじゃないのかな。

もしもレオさまがコルテス領での生活に戸惑われたら、私はたくさん手助けしてあげよう。

私がいつも隠れている、秘密の場所も教えてあげよう。

いつかコルテス領のことも、この庭園のように自慢してもらえたらいいな。

そうして二人で楽しく過ごしていきたいな、と思った。

◇

それから五日後に、領地に帰ることとなった。

王子の婚約者として、ものすごく気の付く侍女たちに丁重に扱われて、元の暮らしに戻れるのかどうか不安になってきたくらいに、私は王城での生活を満喫した。

退城するときには、レオさまが馬車どまりにまで来てくれた。見送りをしてくれるらしい。

「では、そちらに向かう前には文《ふみ》をやるから」

「はい」

「よろしく頼む」

「はい」

なんというか、婚約者が離れ離れになるって感じではないなあ、と思う。

まあ急造婚約者だから、それも当たり前なんだけど。

しかし隣では、急造の割に濃密な別れが繰り広げられている。

「アマーリア、近いうちに必ず迎えに行く」

「お待ちしております、ウィルフレドさま」

「それまで、私のことを忘れないでいて欲しい」

「まあ、わたくしがウィルフレドさまのことを忘れるだなんてありえませんわ」

「なんて嬉しいことを言ってくれるんだ、私の可愛い人」

「ウィルフレドさま……」

そうして二人は胸の前で互いの手を組んで、見つめ合っている。

あんまり濃厚に接していると、飽きるのも早そうな気がするから、ちょっと心配だなあ。

なんて思いながら二人を見つめていると、レオさまの声がした。

「まあ、いろいろあったが」

話し掛けられて、振り返る。

指先で頬を軽く掻《か》きながら、視線をわずかに逸らして、レオさまは続けた。

「楽しめそうだ」

これからの人生を。

そういう意味かな。

だったら、ちゃんと目を見て言ってほしいなあ。

なので私は目を逸らした先に顔を移動させた。レオさまは驚いたように身を引くと、さらに視線を移した。

だからまた私はそちらに身体を動かした。

レオさまはため息交じりに呆《あき》れ声を出す。

「君はなにをしている」

「視界に入ろうと思って」

「入っている」

「入っていない気がしたので」

「それは君の思い違いだ」

「そうですか？」

「そうだ」

そんな馬鹿なことをしていると、濃密な別れを繰り広げていた一人、ウィルフレド殿下がこちらを見て口を開いた。

「レオ」

「なんだ」

救いの声だと思ったような顔をして、レオさまはそちらに振り向く。

ウィルフレド殿下は私たちを見比べると小首を傾げた。

「レオはどうしてプリシラ嬢に対して、『君』なんだ？」

「えっ」

「プリシラ嬢は、愛称呼びなのに」

「それは」

それは、あの夜会までは私たちは婚約者どころか、会ったことすらなかったからですよ。

けれどウィルフレド殿下にだけは、絶対に明かせないことですね。

レオさまはどう答えようかと迷っているのか、「いや……」「その……」と口元をもごもご動かしている。

ウィルフレド殿下は呆れたように腰に手を当てて、続けた。

「ずいぶん他人行儀だな。愛する婚約者なんだろう？　そろそろ壁を取っ払ったらどうだ」

さすが、あっという間に力ずくで壁を粉々に破壊した人は言うことが違う。

「照れ隠しなのか？」

「そんなことは」

レオさまが困っているなあ。背中に冷や汗を掻いているんじゃなかろうか。

「いえ、私はどちらでも」

そう言って手を振ろうとしたけれど、思い直す。

まあ、『気に入って』『ワガママを言って』婚約者に選んだのだから、『君』というのも不自然なのかな。今がいい機会なのかもしれない。

なので私はレオさまの正面に立って、彼の顔を見上げた。

「えと、じゃあこれからは、私も名前で呼んでもらえると嬉しいです」

「そ……そうか。じゃあ……」

レオさまも、いつまでも『君』だと不自然だと思ったのか、ひとつ咳払いをして、こちらを向いた。

しかしなかなか呼ばれない。

抵抗があるのかな。

よし、辛抱強く待とう。ごまかしはナシですよ。

するとしばらくしてから、レオさまは口を開いた。

「プ……」

うん。

「プリ……」

がんばって。

「プ……」

戻った。

「プリシ……」

あと一息ですよ。

だんだん、息子を見守る母の気持ちになってきた。

「プリシラ……」

そう呼んで、一仕事終えたように、ほっと息を吐く。

「はい、レオさま」

よく言えました。

すると彼は数回目を瞬かせたあと、安堵《あんど》からか、柔らかな笑みを返してきた。

うわ……。

なんというか、やっぱり破壊力がすごい。

いけない、頬が熱くなってきた。

どうしていいのかわからなくなって、二人して向かい合って、頬を染めて、もじもじと指先を弄んでしまう。

なんだか、まるで本当に婚約者同士みたい。いや婚約者同士なんだけど。

その様子を見ていたウィルフレド殿下は、ニヤリと笑って口を開いた。

「婚約者だというのに、これから恋が始まるような雰囲気だな」

そう茶化されて、ますます顔に熱が集まってきた気がする。

「いえ、その……」

「ウィル、あまりからかうな」

レオさまのほうが一足先に立ち直ったようで、ため息交じりにそう返している。ウィルフレド殿下はそれに、ははは、と笑って応えた。お姉さまもその隣で穏やかな笑みを口元に浮かべて、私たちを眺めている。

そんな風に和やかに過ごしていると、

「そろそろ出立のお時間です」

侍従にそう声を掛けられ、はっとして後じさる。

「あっ、それでは」

「ああ、なるべく早くそちらに行けるよう調整する」

「はい」

先ほどまでの甘酸っぱい雰囲気はどこへやら、元の事務的な会話に戻ってしまった。

「コルテス卿、厄介をかけるが」

レオさまはお父さまにも声を掛ける。

「とんでもございません。領民一同、お待ちしておりますれば」

お父さまは恐縮しつつ頭を下げた。

私たちは馬車に乗り込もうとそちらに向かう。それに合わせて、ぞろぞろと衛兵たちも馬に乗って列を整え始めた。

なにせ、我がセイラスの第三王子の婚約者と、キルシーの第二王子の婚約者が乗る馬車だ。そのせいだろう、入城するときよりも衛兵の数が増えている。

ということは、レオさまがコルテス領で暮らすようになったら、これくらいの衛兵は一緒に来るのかな。

婚約者どころじゃない。王子さま本人だもの。きっと厳重な警備体制が敷かれる。

もしかしたら侍女たちもついてくるのかな。扉を開ける人とか、必要なのかもしれないし。

うちの屋敷の部屋、足りるかなあ。

領地の端っこに別宅があるから、そこも使わなくちゃいけないかもしれないな。

そんなことを考えているうち、お父さまとお母さまが順番に馬車に乗り込んだ。その後ろに立っているように。

「プリシラ」

呼びかけられて、そちらに顔を向ける。

あっ、名前、普通に呼んでくれた。

レオさまは、笑顔のような、困ったような、そんな複雑な表情で続ける。

「ではまた。気を付けて帰れ」

「こんなに守ってもらっているから、大丈夫ですよ」

「そうか」

「そうですよ」

そう言って小さく笑い合うと、私は馬車に乗り込んだ。

そして最後にお姉さまが乗り込もうとしたけれど、踏み台に足を掛けたところで名残惜しそうに振り向く。

すると、レオさまの隣にいたウィルフレド殿下が、こちらに駆けてきた。

ああ、そんな気はしてました。

お姉さまもそちらに駆けていく。

まあ、そうでしょうね。

「アマーリア……！」

「ウィルフレドさま……！」

そう二人は駆け寄ると、ガシッと抱き合った。

「ひと時だって離れたくない」

「わたくしも」

この衆人環視の中でも、やっぱり二人だけの世界が広がっているようだった。

周りの時間は少しの間止まっていたけれど、ちょっとして動き出す。

衛兵たちの中には、馬から降りて話をする人もいる。

手綱を握っていた御者もそれを離して伸びをしたりしている。

レオさまはこめかみに指を当てて、眉根を寄せて目を閉じていた。

私は馬車の窓枠に頬杖《ほおづえ》をついて、いつ終わるのかなあ、とお姉さまとウィルフレド殿下を眺めた。

『恋は闇』って言うけれど、周りが見えなくなるほどの熱烈な恋は、はた迷惑なものなんだなあ、としみじみと思う。

私は気を付けよう。

◇

領地に帰ると、いつもの日常が戻ってきた。

なにか変わるのかなと思っていたけれど、案外、それまでと同じ普通の日々が過ぎていく。

誰かが扉を開けるのを待つようになっていたらどうしよう、と心配していたけれど、十七年間の子爵家の娘としての生活は身に沁みついているようで、そんなこともなかった。

私はそんな風にのんびりと過ごしていたけれど、お父さまや使用人たちは、王子殿下を迎えるということで、毎日バタバタしている。

そんなある日。

ウィルフレド殿下が、自らお姉さまを迎えに来た。

あれから一旦キルシーに戻っていろいろ調整してから、その足でコルテス領に来たらしい。

王子さまなのに、ずいぶん身軽だなあ。いくら継承権を放棄しているとはいえ、身が軽すぎませんか。ふわっふわじゃないですか。

「アマーリア、会いたかった」

「わたくしも……」

二人は再会のときも、濃かった。もう十年くらい会っていないんじゃないかってくらいだった。

まだ一月《ひとつき》くらいしか経っていないはずなんですけど。

「陛下のお許しを得ました。ついてはコルテス卿からもアマーリア嬢を娶《めと》ることを許可願いたい。

キルシーに空いている離宮があり、そちらで暮らすことになります。継承権は放棄していますが、公爵位は持っていますし豊潤な領地もある。何不自由なく生活させます」

そう熱弁するウィルフレド殿下の言葉を聞いて、お父さまは深く頭を下げた。

「どうかよろしくお願いいたします」

ここまできて反対するわけはないけれど、お姉さまもウィルフレド殿下もほっと胸を撫《な》で下《お》ろしていた。

「落ち着いたころに、キルシーにご招待します。これでも王子なので、盛大に結婚式を行う予定ですし」

「それは楽しみです」

お父さまは上機嫌だ。キルシー王の許可が出たのだ。お姉さまがウィルフレド殿下の婚約者であることは、もう揺らがない。

お姉さまは私と二人きりになったときに、こっそりと耳打ちしてきた。

「ごめんなさい。本当に、ありがとう」

お姉さまは泣きそうな表情をして、そんなことを口にする。

私はお姉さまがそうして謝るたび、お礼を言うたび、なんだか説明できない感情が湧いて出てきて、なんて返事したらいいのかわからなくなる。

「おめでとう、お姉さま。幸せになって」

だからそう繰り返すしかないのだ。

そうしてお姉さまは、ウィルフレッド殿下が乗ってきた馬車に乗って、こちらに手を振りながら、コルテス領から出て行ってしまった。

◇

そしてその日に私は、こちらに移り住む算段が付いたというレオさまからの文を受け取ったのだった。

5. コルテス領

先触れの早馬が到着したので、お父さまとお母さまと私はレオさまを出迎えるために、屋敷の馬車どまりで待っていた。数人の使用人たちも、緊張の面持ちで控えている。

するとしばらくして馬車が一台到着したけれど、その馬車は私たちの前を通り過ぎてから停まった。

ん？

そのすぐあとに、もう一台やってきて、そしてやっぱり私たちの前を通り過ぎた。

んん？

さらにもう一台やってきて、その馬車がようやく私たちの目前に停まった。

御者が御者台から降りると、馬車の前に小さな踏み台を置き、恭しく扉を開ける。

そうこうしているうちに、また一台、また一台と馬車がやってくる。荷馬車もたくさんついてきて、馬車どまりに収まらず、門の外まで続いている。

私たちが呆然《ぼうぜん》とその光景を見ているうちに、レオさまが馬車を降りてきた。相変わらず、キラッキラしている。

呆然としている場合ではなかったので、私たちは揃《そろ》って頭を下げた。

「ようこそお越しくださいました」

「出迎え感謝する。頭を上げよ」

「ははっ」

それを合図に、私たちは身体を起こす。

すると次の馬車から見覚えのある人が降りてきて、レオさまの少し後ろで控えた。クロエさんだ。

「では世話になる」

「はい」

その会話を聞いたあと、クロエさんが一歩前に出てきて、私たちに向かって口を開いた。

「本来ならば、レオカディオ殿下がこちらに来られる前に万全に整えておくべきですが、なるべく早くという陛下の仰せですので、荷物も一緒に運んで参りました」

「はい」

「今は必要最低限のものしか持ってきておりませんが、離宮が完成すればまた追々、揃えてまいります」

驚愕《きょうがく》の発言。

これで？　必要最低限？

いったいどんな生活をしているんだ、レオさまは。

「人手は用意しております。ご心配なさらぬよう」

それでこんなに乗用の馬車もあるのか。

馬車からは、ぞろぞろと従者が降りてくる。

あっ、これ、部屋が足りない。

こちらの使用人が、恐れおののいているのがわかった。

お父さまと軽い打ち合わせをしたりしたあと、レオさまはこちらに歩いてきて、かしこまっている私の目の前に立った。

「……久しいな」

「はい」

私たちのすぐ側を、バタバタと使用人たちが動いている。自分が立ち止まっているのが申し訳ないくらいだ。

「えっと、なんですか、これ」

「なにがだ」

レオさまは私の質問に眉根を寄せる。

「牛カモシカっていう動物が、群れで大移動する国があるらしいですよ」

「今なぜその話をした」

「思い出したので」

黒い大きな牛のような動物が、食料となる草を求めて群れを成して草原を移動するらしい。小さいころに読んだ絵本にあった。

思い出さずにはいられないでしょう、これ。

レオさまは、呆《あき》れたようにため息をついてから、ふっと笑った。

「君は、相変わらずだな」

「『君』」

すかさず指摘する。元に戻ってますよ。

するとレオさまはひとつ咳払《せきばら》いをして、そして律義に言い直した。

「プリシラは、相変わらずだな」

「それが私のいいところです」

「そうだった」

そう言ってくつくつと笑う。楽しそうなので、私もなんだかほっとした。これからの慣れない生活に不安になっていたら可哀想だもんね。

クロエさんがこちらにやってきて、私に向かって頭を下げた。

「私もお供することになりました。よろしくお願いいたします」

やっぱり扉を自分で開けられるのか心配になったのかな。

「はい、よろしくお願いします、クロエさん」

そう答えると、クロエさんはまた深く頭を下げる。

レオさまを迎え入れる準備のためにクロエさんが屋敷に入って行くと、近くにいた使用人たちが顔を見合わせていた。

「クロエさまだわ」

「あの、伝説の……」

使用人たちがぼそぼそと話し合っているのが聞こえた。

伝説。

いったいどんな伝説なんだろう。

◇

というわけで、使用人たちにクロエさんのことを訊《き》いてみると、どうやら叩《たた》き上《あ》げの人らしかった。

「爵位を持たない家の出身らしいんですが、その働きを認められてどんどん出世して」

「そして今では王城の侍女頭」

「すごい人なんですよ！」

うっとりするように使用人たちは語っていたのだけれど、それもしばらくすると風向きが変わっていった。

クロエさんは自分にも厳しいけれど、他人にも厳しかったらしい。

そうですね、王城にお勤めの人たちって、すごかったですもんね。そりゃあ厳しく躾《しつ》けられたんでしょう。

しかしここはゆるーい弱小子爵家。クロエさんのお眼鏡に適うほどにがんばろうという人はあまりいなかった。

屋敷内がギスギスしてきたことが、私にもわかった。

特に厨房《ちゅうぼう》はひどいらしい。

「ここにはここのやり方があるんです！」

「なのにあの人たちったら！」

「とはいえ、王家の使いの方々ですから、私たちからはなにも言えないし」

「旦那さまから物申してもらえませんか」

だからといって、弱小貴族のお父さまから王子さまに向かって物申すことなどできやしない。

いやレオさまに直接言わなくてもいいだろうけれど、たぶんその前にクロエさんが立ちはだかる。うちの家令も彼女に完全にやり込められたという話だし。

見たところあの人、レオさま第一主義だしなあ。レオさまには一番広くて豪華な客室を用意していたのだけれど、気に入らなかったのか、家具の配置とかまで変えてたし。隣の部屋までぶち抜きたいとか言っていたらしいし。

クロエさんはレオさまが快適に過ごすことしか頭になさそうだから、こっちの都合を考えてくれるかどうか。

言ってみなければわからないけれど、言ってみるには勇気がいる。なんか怖いし、クロエさんって。

「では……別宅に行くか」

そうなりますよね。

この屋敷に比べると多少は狭いけれど、お父さまとお母さま、それに使用人たちで暮らすことはできる。

お姉さまがいなくなってから暇を願い出た使用人も何人かいて、ちょっと人数が減っているし。

というわけで、お父さまはレオさまに提案した。

「こちらの屋敷ですが、どうぞ、レオカディオ殿下のお好きにお使いください。私どもは別宅に参ります」

「え？」

「いい機会ですし、領地をくまなく見て回りたいのです。そのためには、別宅のほうが都合がいいのです」

お父さま、急に仕事熱心になりましたね。

「蒼玉《サファイア》が発見されてから、領地内も浮き立っているように思います。いつかは回らねばとは思っていたのです」

「そうか。そういうことなら」

レオさまはお父さまの申し出を特に疑問に思わなかったようで、あっさりと納得した。

お父さまはお母さまと使用人たちにこっそりと言い聞かせたそうだ。

「離宮が完成するまでの間だから」

それもそうか、とほとんどが首肯したらしい。

しかし、お父さまとお母さまが、追い出される形になってしまった。

コルテス子爵家、あっという間に乗っ取られちゃいましたよ。

婚約者たる私は、ここに残りますけどね。

◇

屋敷がレオさま仕様に変わり始めている間、レオさまと私がなにをしていたかというと、領内を視察して回ったりしていた。主に採掘場だ。

小回りのきく小さ目の馬車に向かい合って座っていると、馬車の揺れのせいでときどき膝が触れそうになって、お互いぱっと足を動かしたりする。

「あ、すまない」

「いえ」

馬車の中って軽く密室だから、どうにも気まずい。

とはいえ、馬車の周りは衛兵ががっちり守っているので、本当に二人きりってわけではないんですけどね。

今は、一番大きな採掘場に向かっている。

窓の外に視線をやると、人々がこの馬車に好奇の目を向けているのがわかった。

まあ、これだけがっちり守っていれば、この馬車の中にいるのが、領主の娘の婚約者であるところの第三王子だというのは、簡単に予測がつきますからね。

「そもそもが、子どもたちが蒼玉を見つけたのだと聞いているが」

ふいに話し掛けられて、慌てて顔を上げる。

「あ、はい、そうです。川で」

領地に流れる浅い川で遊んでいた子どもたちが、その近くの森に向かっていた私に報告しにきたのだ。

「報告書ではよくわからなかったんだが」

「はい」

「子どもたちが君に……」

そこまで言いかけて私の視線に気付いたのか、咳払いをして続ける。

「プリシラに報告したんだな？」

「そうですよ」

「それでプリシラが見に行って」

「はい、本当に蒼玉っぽかったので、父に報告しました」

「プリシラに知らせたというのは、近くにいたということか？　屋敷からは離れていると思うのだが」

「近くに森があるんです。遊び場の」

「遊び場」

「はい、遊び場」

私の返事を聞くと、レオさまは目と目の間を指で揉《も》んだ。

「プリシラは、日常的にその森に立ち入っているのか？」

「そうですね」

「……そうか」

「はい」

レオさまはそれ以上はなにも訊いてこなかった。言いたいことがあれば言ってもいいんですけどね。

気を取り直すように、レオさまは深く座席に座り直して、口を開く。

「子どもたちは、プリシラを領主の娘として認識していたんだな」

「はい、よく話をするんですよ」

「そのおかげで、子爵にすぐに話が通って良かった。領民との関係は良好という証拠だな」

ある日、森に向かおうと馬に乗っていたら、子どもたちがこちらに手を振りながら駆けてきたのだ。子どもたちは私に手の中を見せながらはしゃいだ声を出した。

「お嬢さまの目の色と同じだよ！」

広げられた手の中を見ると、キラキラと輝く小さな青い石があった。よく見ないとわからないくらいの小さな石だった。

どこで見つけたのかと問えば、近くの川まで引っ張って連れて行かれた。私も川の中に入って砂の中を浚《さら》ってみると、小さな砂粒のような青い石がひとつ、手の中に残ったのだ。

「『当たり』の石なんだよ」

子どもたちは嬉《うれ》しそうにそう口にする。

けれど私も貴族の端くれ。これは蒼玉ではないかと思ったわけだ。

間違っていたら皆が笑って終わったのだろうけれど、本当に蒼玉だった、ということで大騒ぎになったのだ。

その川に行ってみたい、とレオさまが希望したので、御者に伝えて向かう。

行ってみると、おあつらえ向きに子どもたちが遊んでいた。

「あー、お嬢さま！」

こちらに手を振るので、振り返す。

馬車を降り、二人で並んでそちらに向かって歩いた。

「発見者か」

「そうですね」

レオさまにはそう答えたけれど、本当の第一発見者が誰かはわからない。あの中の誰かだろうということで、子どもたちの家にはそれなりにお礼をしたと聞いている。

こちらに駆けてきていた子どもたちが、ふいに足を止める。

そして身を寄せ合った。

ああ、無駄にキラキラした人がいるからですね。ここらへんにはいない系統の人なので、恐れおののいているんですね。

でもレオさまも、このコルテス領に馴染《なじ》まないといけないのではないのかな。

なので私は手をちょいちょいと動かして、彼らを呼んだ。

「大丈夫大丈夫、怖くないよ。王子さまだよー」

隣でレオさまが、ばっとこちらに振り向いた。

「まさか私が怖いのか？」

「他に誰がいるんですか」

私がそう答えると、レオさまは顔の半分に手を当てて、はーっと息を吐いた。

「まあ……彼らにしてみれば、よそ者だからな」

「すぐ馴れますよ」

呼ばれた子どもたちは、恐る恐るといった体《てい》で、こちらに近づいて来た。

しばらく、珍獣を見るような目でレオさまをじっと見つめて、そして一人が訊いてくる。

「……王子さま？」

レオさまはその質問に答えるように、その場にしゃがんで目の高さを合わせ、名乗った。

「第三王子のレオカディオだ。よろしく頼む」

それを聞いた子どもたちは、私にいっせいに顔を向ける。

私は深くうなずいた。

すると子どもたちは、しばらくお互いの顔を見合わせたあと。

「すげえー！」

同時に叫んだ。

レオさまはその声に驚いたのか、少し身を引いていた。

「本物だー!」

「自慢しよう!」

「母ちゃんが会いたいって言ってた!」

ぴょんぴょん飛び跳ねながら、子どもたちが口々にそんなことを騒ぎ立てている。

レオさまが無礼だとか言い出さないかとひやひやして見ていたけれど、温かな眼差しで彼らを見ていたので、ほっと心が緩んだ。

「お前たちが蒼玉……青い石を見つけてくれたんだな」

「そうだよ」

「でもこのごろは、見つからなくてつまんない」

「だって先におじさんたちが取っちゃうんだもん」

「獲っちゃう?」

レオさまが眉根を寄せる。なので私はひらひらと手を振って返した。

「あ、盗掘じゃないですよ。ちゃんと王城の管理下にありますし」

「ああ、おじさん……か」

王城から派遣された衛兵や作業者のことだとわかったらしい。

その人たちがワサワサやってきたから、川に流れ出たものも彼らにほとんど浚《さら》われてしまっているのだ。

「お嬢さまの目の色みたいで綺麗《きれい》だったのになー」

一人の子が残念そうにそう口にする。

あっ、これは、蒼玉発言を思い出してしまうのでは。

子どもたちの話を聞くレオさまに視線を移そうとして、でも私は首を動かすことを止めた。

その言葉を聞いてどう反応するのか、見るのは少し怖かった。

◇

子どもたちと別れてからまた馬車に乗り込み、ガタゴトと揺られながら採掘場に向かう。

「レオさまが子どもたちに、『無礼だ！』って言いださないか、ちょっと心配して見てました」

あっという間に馴れたのか、おどおどしていた子どもたちは、レオさまの周りをぐるぐる回り始めたり、ちょっと触っては「きゃー！」と叫んで飛びのいたり、レオさまが振り返るのを見届けたあと逃げ出したりして、割と好き放題に無礼ではあったと思う。

おかげでレオさまの綺麗な衣装は、ところどころ指の形に泥が付いていた。

私の言葉に、レオさまは少し口を尖《とが》らせる。

「子どもというのは、だいたいあんな感じだろう。礼を求めてどうする」

「子どもに接したことがあるんですか？」

「甥《おい》や姪《めい》がいるし、孤児院や養護院に慰問にも行く」

「なるほど」

そう言われるとそうか。

いつも誰かに仕えられているわけではないのか。王家の人間として慰問なんかもちゃんとしているんだ。

その考えを読んだのか、レオさまは眉根を寄せた。

「プリシラは私をなんだと思っているんだ」

「王子さまだと」

「王子に対する偏見がひどい」

「すみません」

素直に頭を下げる。確かに偏見だった。

「特に甥と姪とはよく遊んでいるからな、けっこう懐いているんだぞ」

あっ、自慢げな顔だ。

まあ、悪いことを言ったあとだから、水を差すのはやめておこう。

「慣れていらっしゃるなら、自分の子どもができてもいい父親になれそうですね」

そう話し掛けると、レオさまはぴくりと肩を震わせた。

「あ、ああ……まあ……」

そうごにょごにょと口の中で返事すると、窓枠に肘を掛けて頬杖《ほおづえ》をついて外を眺めてしまう。

うん？　なにか変なことを言ったかな。割と普通のことを言った……いや、言ってない。言ってないよ。

レオさまの子どもを産むの、私だった。

よく見ると、レオさまの耳が真っ赤になっている。

いや私が言ったのは一般論であって、自分たちの子どもがどうこうという話では。

けれどその弁解をわざわざ口に出すのもおかしな気がして、私はなにも言えずに俯《うつむ》くしかできなかった。

頬が、熱い。

◇

採掘場に到着すると、大半の者がひざまずいた。この人たちは、王城から派遣された人たちだろう。

けれど何人かは、こちらに向かって大きく手を振った。

「お嬢！」

その態度に、幾人かはぎょっとしたような視線を向けている。

彼らは、王城からの支援を貰《もら》う前からここで採掘をしている人たちだ。私も何度か会ったことがある。

私たちの馬車をがっちり守っていた人たちが一瞬、一歩を踏み出そうとしたけれど、レオさまが隣で、構わない、という意思表示を手を立てて示したので、彼らは肩の力を抜いた。

手を振ってきたのは、採掘作業なんてことをしているだけあって屈強な身体つきの男性ばかりだから、子どもたちのように無警戒、だなんてことはできなかったのだろう。

歩み寄ると、その人たちは口々に私に話し掛けてきた。

「お嬢、婚約したんだってな、おめでとう」

「王子さまだって？　すげえな」

「ありがとう」

私が礼を返すと、彼らは今度はレオさまに視線を向けた。そして指をさした。

「王子さま？」

「はい」

私が肯定すると、彼らはレオさまをまじまじと見つめる。

あっ、なんか、あたりの空気が張り詰めてきてる。

気のいい人たちなんだけれど、場を読むとかいうことはできないからなあ。

「あ、えーと、レオカディオ殿下は、こちらの採掘場を視察しにいらして」

「視察ぅ？　真面目にやってるぞ、俺らは。なあ？」

「そうそう、わっざわざ来なくてもなあ。あっ、視察と銘打って、観光かあ？　見るところないけどな」

ははは、という笑い声が沸く。

次第に衛兵たちの間に、ピリピリとした緊張感が漂い始める。さすがにこれは、無礼だ不敬だって責めだす人が出てくるかも。

「いえ、本当に……」

「プリシラ。下がれ」

「あ、はい」

レオさまに有無を言わさぬ声で告げられて、私は素直に一歩下がる。

逆らうとマズい、というのがわかりました。私は空気が読める子です。

レオさまは、口元に弧を描き、そして声を張った。

「第三王子のレオカディオだ。陛下の命により、今後は私がこの採掘場の責任を負うことになった」

口調は穏やかだけれど、言外になにかが含まれていた。

従わないと首にするぞ、って感じかも。

相変わらずキラッキラはしていたけれど、作り物の笑顔って感じがものすごくて、逆に怖い。

圧力を感じたのか、指さしていた男の人も、その指をさまよわせるように動かしてから、引いた。

あたりはガヤガヤと騒がしかったのに、しん、と静まり返ってしまっている。

レオさま、すごい。笑顔だけで怯《ひる》ませた。

後方に、帯剣している衛兵たちがいるというのもあるかもしれないけれど、それにしても、王子さまの威力ってすごいなあ。

あたりが完全に静かになるのを待つと、レオさまは小さく息を吐く。それから今度は本当に柔らかな笑みを浮かべて語り掛けた。

「こちらの採掘場は、特に大きな揉め事もなく順調に進んでいると聞いている。君たちの働きには期待しているよ」

そのときちょうど、ふわっとした穏やかな風が吹いて、レオさまの金の髪をなびかせた。陽の光を受けて、金髪はキラキラと輝く。

うわっ、眩《まぶ》しい。風が味方した。

先ほどまでレオさまに好奇の視線を向けていた男たちは、舌打ちをしながらも、逆らう気持ちは完全に失ってしまったらしく、一歩下がった。

今いかにも、特別な人です感が出てたもの。たぶん、歯向かったら消されるって思ったんだ。怖い。

「責任者は」

レオさまの少し音量の上がった声に、転がるように出てきた人がいる。

「レオカディオ殿下、失礼いたしました。彼らには私から言い聞かせますので」

ペコペコと頭を下げながら、そんな風に弁解している。消されることを恐れているのかもしれない。

「度が過ぎなければそれでいい。案内を」

「はっ、はいっ」

そうしてレオさまは現場を案内され始めた。深く掘られた穴、そこかしこに置いてある円匙《えんし》や笊《ざる》などの用具。作業員たちのための天幕。その他諸々。

採掘場の穴の中には今日は入らないらしい。もしかしたら後ろをついて歩く私がいるからだろうか。私はちっとも構わないいんだけどな。

「お嬢、お嬢」

そのとき密やかな声で呼びかけられて、首を巡らせる。

地下に向けて掘られた穴のうちのひとつから、縁に片腕を掛けて逆の腕を振りながら、こちらを見ている人がいた。

ホセさんだ。作業員たちの中でも大きな人で、最初のころはこの人が現場を取りまとめていた。

私がそちらに歩み寄ると、ホセさんはニッと笑ってお祝いの言葉を口にする。

「婚約おめでとう」

「ありがとう」

「祝杯しようぜ」

言うと思った。

「飲みませんよ。私、これでも王子妃になるんですからね、節度が求められているんです」

腰に手を当て、胸を張って、得意げにそっくり返ってみた。

王子妃だよ、まいったか。

しかしホセさんは意に介さないようで、軽く肩をすくめた。

「なんだよ、固いこと言うなよ」

「そっちが柔らかすぎるんですよ」

「前は飲んだじゃねえか」

「一口だけですよ」

以前、通りかかったときに酒盛りしていたから、勧められて一口だけ飲んだ。

もしかして王城の管理下に置かれてからは、あまり飲めなくなったのかな。いいことだ。

「プリシラ」

声を掛けられて振り向くと、レオさまは険しい顔をしてこちらに大股でやってきていた。

私の前に立ち止まると、レオさまはこれみよがしにため息をつく。

「勝手に動くな」

「すみません」

「なあなあ、王子さま」

この場の空気をまったく読まない人は、私たちを見上げて呼びかけてきた。

「たまには宴会をさせてくれねえかなあ」

「宴会？」

レオさまは眉根を寄せて訊き返す。

「そうだよ、城からいろんなヤツが来てからは、全然飲めなくてさあ。俺らみたいなのは、酒が明日の活力なんだよ。皆、ブーブー言ってるぜ」

「あ、この方、以前こちらを取りまとめていた方で」

私が横からそう口を挟むと、ああ、とレオさまはうなずいた。

「ホセといったか。話は聞いている」

「おっ」

名前を呼ばれたことで、ホセさんはちょっと驚いた様子だった。嬉しそうでもあった。そして親近感も湧いたらしく、続けた。

「なあ、頼むよ」

「君たちは、昼から飲んだりしていたのだろう？　それは事故にも繋《つな》がる。作業もはかどらない。禁止されるのも致し方ないのではないか？」

「そりゃ、まあ……」

頭を掻《か》きながらホセさんは口ごもった。前に私が飲んだときは夕方だったから、仕事が終わってから飲んでいたのかと思っていた。それは怒られても仕方ないですね。

レオさまは、目を逸らしたホセさんを見ると、ふっと笑って提案する。

「では、定期的にこちらが場を用意することを考えよう」

「マジかよ！」

ホセさんは喜色満面の様子で、はしゃいだ声を出した。

場を用意する。つまり酒代が出る。彼らにしてみれば、けっこうなご褒美なのかな。

「だが、君たちの働き方次第では、また禁止に逆戻りだ」

「大丈夫、大丈夫、俺に任せとけって」

「安請け合いだな」

レオさまはそう苦笑する。

でもここまでスルスルと話が進んだのは、もしかして最初からその構想があったのかもしれない。

「そのときは、王子さまも一緒に飲もうぜ」

「いや、私は……」

レオさまは慌てて手を立てて前に出した。

そしてちらりとこちらを見た。

ああ……記憶をなくしたばかりですもんね……。飲みたくないかもしれませんね。

「……機会があれば」

レオさまは本当にそう思ったかどうかは知らないけれど、ひとまずそう返していた。

「面白くなってきたぜ。じゃあまたな！」

言うが早いか、ホセさんは穴の中に入って行った。たぶん、穴の中にいる人たちにこのことを伝えるのだろう。

「一緒に飲むんですか？」

隣のレオさまを見上げて首を傾げると、彼は口の端を上げた。

「まあ、そんな機会があるかどうかはわからないが」

そうですね。

ここにいる荒くれ者たちの中にレオさまが交じっているのって、ちょっと想像がつかないです。

それに、コルテス領にやってきてから、レオさまがお酒を口にしているのを見たことがない。

あんなことがあったから、もう飲まないのかな。

もしもう一回飲ませてみたら、また嬉しいことを言ってくれるのかな。

それだったら、宴会に参加させるように積極的に動いてみることに、やぶさかではないですよ。

◇

簡単な視察を終え、また馬車に乗り込む。

レオさまは少し不機嫌な様子だ。採掘場でなにか面白くないことでも聞いたかな。余計なことを言って機嫌を損ねてもいけないから、黙っておこう。

そうしてしばらく馬車の中では、ガタゴトという車輪の音だけが聞こえていたのだけれど。

少しして、レオさまはぼそりとした声を発した。

「格好いい男がたくさんいたな」

「はい？」

いたかなあ。いや、かっこいいと言えばかっこいいのかな。

私はあの場にいた人たちを思い浮かべながら首を捻る。

というか、今なんでその話題なんだろう。

「なんだ、その反応は」

レオさまは眉をひそめてそう返してくる。

む。いっぱいいましたね、って言って欲しかったのかな。でも私基準では、いっぱいはいなかった。

「ちなみに、レオさまの『格好いい』基準はどこですか？」

「え？　そりゃあ、大きくて頼もしい男だろう」

ああ、なるほど。ベルナルディノ王太子殿下が基準なんですね。斧《おの》が似合いそうで、肉にかぶりついていそうな人。

もしかして、レオさまは自分の外見が嫌いなのかな。女に生まれたら美女だっただろうって感じの、王子さま然とした外見が。

そういえば、ベルナルディノ殿下みたいになりたいって言っていた。

「私はですね、レオさま」

「え？」

「シュッとした人が素敵だと思います」

けれどレオさまは首を傾げた。

「なんだその、シュッとした、という表現は」

「シュッとした、はシュッとした、ですよ」

「シュッ、ってなんだ」

「シュッ、ですよ」

両腕を前に出して手を広げて向かい合わせて、それを上から下にさっと動かす。

レオさまがさらに首を捻ったので、私はもう一度、「シュッ」と言いながら、腕を動かした。

「わからない……」

手で顔半分を隠して、深くため息をついている。

これ以上は、説明しないでおこう。

レオさまみたいな人がシュッとした人で、そういう人が素敵だと思う、というのを口にするのは、なんだか恥ずかしいですからね。

◇

屋敷に戻る途中、馬車は少し道を外れた。

「この先の丘の上に離宮が建てられる予定だ。行ってみよう」

そう提案されて、私はうなずく。

行ってみればそこは、当然だけれど荒涼とした風景でしかなかった。

丘の上に杭《くい》が何本も打ち込まれていて、それに沿って縄が張り巡らされている。ここが王家の持ち物で、この中に離宮が建てられるということだろう。

「まだまだですね」

「そうだな」

杭は、目を凝らさないと見えないところにも打ち込まれている。

私は感嘆のため息をつきながら、わざとらしく目の上に手をかざして、ぐるりと辺りを見渡した。

「はー、さっすが王家、広い離宮を作るつもりなんですねえ」

するとレオさまは、呆れたような視線を私に移してきた。

「ずいぶん他人事だな。プリシラもこちらに住むんだぞ」

「えっ」

「そのうちな。では帰ろう」

そう話を打ち切って踵《きびす》を返したので、私は慌ててそのあとをついていく。

レオさまの背中を見ながら思う。

そうか。

私、本当にこの人のところに嫁ぐんだ。それで同じところで生活するんだ。

夫婦になるんだ。

なんだか今ひとつピンとこないけれど、こうして少しずつ、実感というものが湧いてくるのだろうか。

うん。それは、悪くない。

私はそんな少し浮かれたような気分になって、軽い足取りで後をついて歩いていたのだけれど。

それが悪かったのか、足元に大きめの石が転がっていたことに気付かなかった。

「あっ」

足先を引っ掛けて、身体が前に揺らぐ。

目の前には、レオさまの背中。

これ、このまま倒れたら共倒れになってしまう。さすがに王子さまに怪我をさせてはまずい。

転んでしまうなら私一人で。

一瞬の間にそこまで考えて、私はなんとか体重を右に傾けた。なかなかの瞬発力です、と自分で自分を褒めた直後に足首を捻った。でもこれは仕方ない、名誉の負傷ということで。

そんな風に一人でバタバタしていたのに気付いたのか、レオさまはこちらに振り向いて目を見開くと、反射的に手を差し出してきた。

あっ、わざわざ避けたのに！　意味がなくなるじゃないですか。さらに避けなきゃいけなくなりました。

けれど勢いのついた傾いだ身体は止めることができなくて、私の目の前に伸ばされた腕の中に飛び込んでしまう。

怪我をするのは一人でよかったのに。

と思いきや、私の身体はがっちりと受け止められた。

あれ？

意外と安定感があって身体はピタリと止まり、あとから自分の髪がパサッと揺れて戻ってきた。

なにが起こったのかすぐには受け入れられなくて、何度か目を瞬かせていると。

「なにをしているんだ」

呆れたような声が降ってくる。

そちらに目を向けると、涼しい顔をしたレオさまがそこにいた。

「えと、つまずきまして」

「気を付けろ」

「はい」

呆然としたまま返事をする。

びっくりした。

レオさま、シュッとしているのに、力はあるんだ。私の体重を受け止めても、びくともしなかった。

とはいえ、いつまでも支えられているわけにはいかない。こんな密着するだなんて、恥ずかしすぎる。

私はギクシャクとした動きで、レオさまの腕から抜け出した。

動揺しすぎて、もうどうしたらいいのかわからない。

でも夫婦になるんだから、いつかはこんなことも当たり前になるのかな。

いや、当たり前につまずいていたら、それはそれで問題ですよね。

そんなことより、とにかくお礼を言わないと。

「た、助かりました、ありがとうございます」

「いや」

それから私は足元を確認するように、何度か足踏みをしてみた。

すると、右の足首に痛みが走る。

「いっ……」

やっぱり捻っている。でも大したことはないだろう。これくらいの痛みなら、日常茶飯事だ。

「捻ったのか？」

けれどレオさまが即座に反応した。

「あ、そんなに痛くは……」

と言いかけたけれど、レオさまがふっと屈んだかと思うと、私の肩と膝裏に腕を回して、横に抱き上げられた。

ええええええ！

「なっ、なんっ」

「馬車まで行くから大人しくしていろ」

「いや、歩きますっ！」

「ひどくなったらどうするんだ。誰か！」

レオさまが声を張る前に、衛兵の一人がこちらに駆けて来ていた。

「いかがなさいましたか」

「足首を捻ったらしい。診てやってくれ」

「かしこまりました」

レオさまはいたって落ち着いた様子でそうやり取りしているけれど、私の頭の中はそれどころではなかった。

王子という職業は、こんなことも簡単にしてしまうんですか。

やっぱり破壊力が凄すぎる。

男の人に抱きかかえられるなんて、子どものころ以来ではないでしょうか。

というか、『意外と重い』と思われていたら、恥ずかしくて死ねる。

私はそんな風に混乱しまくっているけれど、すぐそこにあるレオさまの表情は、まだ冷静なままだ。

それより、近い近い近い近い。

心臓がバクバク音を立てているのが聞こえるんじゃないかって距離なんですけど。

この場合、手をどこに置いたらいいんだろう。肩に回すのが安定するのかもしれないけれど、さすがにそれは無理だし、だらりと下に落とすのも違う気がする。

結局、お腹の上あたりで手を組んだ。いやこれも変な気はするけれど、それ以外に思いつかない。

私は硬直した身体を抱えられたまま、扉の開いた馬車の入り口に連れて行かれて、そこに座らされた。

やっと離れた、と安堵《あんど》する。もっと長い距離だったら、足は大丈夫かもしれないけれど、心臓が壊れてた。

「おみ足、失礼します」

衛兵の人はそう一言断って私の前にしゃがみ込み、靴ごと足先を持って、それから少し曲げてみせた。

「いっ……」

「折れてはいないようですね。少し固定しましょう。それで楽になるかと思います」

なんだか大事になってしまったようで、私は気恥ずかしさから、おずおずと申し出てみる。

「でもこれくらい、よくあることだし、放っておいても大丈夫ですよ」

「大丈夫かもしれませんが、やっておいて損はないです」

「じゃあ……」

申し訳ない。仕事を増やしてしまった。

衛兵たちはたぶん、レオさまのためももちろんだろうけれど、自分たちのためにも救護の準備をしているのだろう。なにやら小箱と濡《ぬ》らした手拭いを持ってくると、手拭いを足首に当てたあと、小箱の中から包帯を取り出して、手慣れた様子でササッと巻いてくれた。

ひんやりして気持ちいい。

「ありがとうございます」

「いいえ」

衛兵の人は笑顔でそう答えると、立ち上がる。

レオさまはその隣で腰に手を当てた。

「案外、そそっかしいな」

少し軽い口調でからかわれてしまった。

若干、勝ち誇った声なのがイラッとします。

すると、苦笑しながら衛兵の人が口を挟んだ。

「おそらく、レオカディオ殿下を避けようとなさって捻ったんですよ」

「……そうなのか？」

レオさまは不安げな表情になってこちらに視線を向けてくる。

どうやら衛兵の人には、つまずく瞬間を見られていたらしい。ごまかすのも変かなあ。

「えと、やっぱり怪我させちゃまずいかなって」

「プリシラ一人くらい、受け止めたって倒れはしないぞ」

「はい、よくわかりました」

私はこくりとうなずく。

だって、びくともしなかったもの。本当に、私一人くらい倒れ込んだって平気なんだろう。

「……悪かったな」

「いえ、そもそも私がつまずいたのがいけないので。次からは気を付けます」

「そうか」

なんだか気まずい空気が流れる。それを見かねたのか、衛兵の人が口を開いた。

「では参りましょう」

レオさまは話が途切れたことに安心したように頬を緩めると、こちらに顔を向けた。

「そうだな。そろそろ帰らないと」

「はい」

私は立ち上がる。足首はもうほとんど痛まない。やっぱり大したことなかった。

けれどレオさまは心配なのか、馬車に先に乗り込むと、私に向かって手を差し出してきた。

私はありがたく、その手を取る。

すると軽く引っ張られるだけで、身体が浮き上がるような感覚がして、楽に乗り込むことができた。

シュッとしていたって。

女に生まれていたら美女だったたって顔をしていたって。

やっぱりレオさまは、男の人なんだ。

◇

屋敷に到着すると、もうあたりは暗くなっていた。

中に入るとクロエさんが玄関ホールで待ち構えていて、頭を下げてくる。

「お帰りなさいませ。ところでレオカディオ殿下、お耳に入れたいことが」

「なんだ」

出迎えの挨拶もそこそこに、ずいぶん焦っている様子だ。クロエさんらしくない。なんだろう。

「どうぞこちらに。指示をいただきたいのです」

クロエさんはレオさまの斜め前に立ち、先をうながす。

何があったんだろう。厄介ごとかな。大したことじゃなければいいけれど。

そんなことを思ってそのままそこに佇《たたず》んでいた私のほうにクロエさんは振り返り、呼び掛けてきた。

「プリシラさまも、どうぞご一緒に」

「えっ、私も」

「はい、お願いします」

レオさまと私は顔を見合わせる。

周りには、今日の視察についてきた衛兵や従者たちもいる。ここで口を開かないということは、内密の話なのかもしれない。

レオさまが私の足に視線を落として問うてくる。

「足は大丈夫か？」

「はい、もうまったく痛まないです」

「じゃあ行こうか、でも無理はするな」

「はい」

クロエさんが急ぎ足で歩き始めたので、私たちもついていく。うん、本当に足は大丈夫みたいだ。

なんだろう。レオさまと私と二人で呼ばれたということは、婚約に関するなにかかな。

内密の話ということは、めでたい話じゃない気がする。

まさか。

ここに来て、破談になるなんてことはないよね？

いや、でも、ありえない話でもないのかな。王家の意向に逆らうわけにもいかないし。

いやいや、公式に発表されたのだから、まさかそんな。

そんなことをぐるぐると考えていたら、胸がぎゅっと押さえつけられるような感覚がしてきた。

苦しい。息が上手くできない。

破談は、嫌だな。

私は明確に、そう、思った。

◇

クロエさんが向かった先は、応接室だった。

けれど、一番広い応接室ではなく、どちらかというと控室として使っている部屋だ。

王家に関係する人が来たのならば、こちらに通されるのはおかしい。

いや。ここは普通の応接室よりも手狭で奥まっているだけに、内密の話をするときにも使われる。

まさか。

クロエさんが扉の前に立ち、ノックした。

「はい」

中から男の人の声がする。

あれ。なんだか、聞いたことがあるような声だ。

クロエさんが扉を開け、脇に控える。

レオさまが先に入り、私も恐る恐る足を踏み入れた。

「えっ」

来客用のソファに座っているのは、褐色の肌の黒髪の美丈夫。

キルシーの第二王子、ウィルフレド殿下。

そして彼が大事そうに腕の中に抱えている、白い布のかたまり。

その布は、ビクリと震えたかと思うと、こちらに向きを変える。その拍子に、はらりとプラチナブロンドの髪が一房、落ちてきた。

「お姉さま！」

頭から布をすっぽりと被るようにして、こちらを琥珀色《こはくいろ》の瞳で見つめてきたのは、間違いなく。

キルシーに嫁いでいったはずの、お姉さまだった。

6．キルシー王国

「お静かにお願いします」

クロエさんが、冷静な声でそう注意してきた。

なので私は慌てて自分の口元を両手で押さえる。

「プリシラ……ごめんなさい、急に帰って来てしまって……」

か細い声が、白い布の中から聞こえる。布を被っているせいで、お姉さまの顔がよく見えない。

それにまたすぐに顔を背けて、ウィルフレド殿下のほうを向いてしまった。

いったいどうしたっていうんだろう。なにが起きているんだろう。

「ど、どうしたんです。どうしてここに」

抑えた声が、震える。なにから訊《き》けばいいのかわからなかった。

なにか、良くないことが、起きている。

それだけは確信できたから。

「どうしたんだ、いったいいつ入国した。聞いていないぞ」

レオさまもわけがわからないのか、そう問いながら何歩か歩を進める。

しかしその足音に合わせたように、またウィルフレド殿下が手を添えている白い布のかたまりが、ビクリと揺れた。

レオさまが眉根を寄せて、ピタリと足を止める。

「あ……も、申し訳ございません」

足音が止まってしまったのを聞いたのだろう。お姉さまの小さな声がする。白い布がブルブルと震えていた。

そうだ、お姉さまなら、レオさまがいるというのにソファに座ったままという、そんな礼を失するようなことをするだなんて考えられない。

どうして？　怪我でもしている？　キルシーに行く途中で事故にでもあって引き返してきた？　それとも、まさかもう離縁？

いろんな考えが頭に浮かんできたけれど、どれもこれも、しっくりするものではなかった。

「お姉さま、いったいなにがあったんですか」

こうしていても仕方ない。私は意を決してお姉さまに歩み寄る。誰もそれを止めはしなかった。

「プ、プリシラ」

お姉さまの震えが幾分か収まった。私はほっとしながら、お姉さまの横にそっと腰掛ける。

同時にウィルフレド殿下は、抱いていた肩から手を離す。

「お姉さま？」

なるべく優しい声音で呼びかけると、お姉さまは小さく身じろぎして、そしてゆっくりとこちらに顔を向けてくる。

布に覆われた乱れた髪の間から見えるのは、変わらない美しい顔の右側。

そして現れるのは、青黒く腫れあがった、左側の頬。

「な……」

お姉さまの顔の左半分は、痛々しいほどに腫れている。口の中を切ったのか、口の端には血だまりができていた。

「お姉さま」

信じられない思いで、その顔を覗《のぞ》き込《こ》んだ。

私の視線を避けるように、お姉さまは顔を背ける。

けれど私は腕を伸ばし、その腫れた頬に手を当てた。

熱い。

お姉さまの、誰もが振り返るその美しい均整の取れた顔が、見るに堪えないものになっている。

どれだけ強い力が加えられたらこんなことになるんだろう。

「お姉さまになにをしたんですか！」

衝動のままに叫んだ。

「お静かに」

クロエさんの冷静な声がしたけれど、これが黙っていられることか。

これは、明らかに、殴られた跡だ。

「すまない……」

ウィルフレド殿下が、うなだれてそう返してくる。

頭の中が白くなった。カッとなって立ち上がる。

「これが謝って済むことですか！　なんてことを！」

「違うのよ、プリシラ」

お姉さまが慌てたように、私を抑えるために右腕を伸ばしてくる。

こんな目に遭ったのに、この男を庇《かば》うというのか。『恋は闇』で、いくら周りが見えなくなっても、だからってこんなことは許されることじゃない。

誰が許したって、私が許さない。

「なにが違うっていうんです！」

「ウィルフレドさまは助けてくださったのよ」

助ける？　ではこれはウィルフレド殿下がつけた傷じゃないということなのか。けれどお姉さまはこんなに傷ついている。助けられてはいないではないか。

「いったい、なにから助けたっていうんです！」

お姉さまは、ためらいがちに口を開いた。小さな小さな声だった。

「王太子殿下から……」

「……え？」

思いもよらない言葉を聞いて、私の身体から力が抜ける。

布の中から伸ばされた、お姉さまの腕が私の手に触れて、そしてさまようように動いたあと、弱々しく握ってきた。

私はその腕に、恐る恐る視線を移す。

今、なにか見てはいけないものが、視界に入った気がしたのだ。

よく見れば、お姉さまの手首に痣《あざ》があった。指の形がわかるほどに、はっきりとした痣だった。

誰かが握った跡だ。

ゾッとする。燃え上がっていた身体が、一瞬にして熱を失う。

そのとき、小さなため息が耳に届いた。私はそれを、どこか遠いところで発されたもののように、虚ろに聞いた。

「なにがあったのか、説明してもらおうか」

レオさまの、冷徹とも思えるその声が、応接室に響いた。

◇

そのとき私は、夜会が終わったあと、レオさまの部屋で聞いたことを思い出していた。

『確かにキルシー王国は欲しいものは奪えという国だが』

欲しくなったのだ。キルシーの王太子は、絶世の美女であるお姉さまが、欲しくなったのだ。

私はお姉さまの手を握って、寄り添うようにしてソファに座っていた。

お姉さまは、ウィルフレド殿下以外の男性が怖いのか、レオさまが身じろぎしただけでもビクリと反応する。

クロエさんはそれにわずかに眉をひそめるが、黙ったまま控えていた。

「だ、大丈夫。大丈夫です……。申し訳ありません」

震える声で、お姉さまはそう謝罪する。薄く笑ってもみせた。

どうしてこんなに無理をしないといけないんだろう。どうして謝らなければならないんだろう。

もうこんなに、傷ついているのに。

レオさまはお姉さまに配慮したのだろう、少し離れたところで一人掛けの椅子に腰掛けた。

「ウィル。国境検問所は通ったのか？」

「通っていない」

「だろうな」

ウィルフレド殿下の即答を聞くと、額に手を当て、はあ、とため息をついている。

「通れば先触れが来るはずだ。アマーリア嬢を連れたウィルが先に到着するとは思えない。どこを通って来たんだ」

「山越えをした」

「なぜ」

ウィルフレド殿下はお姉さまのほうに振り返った。目が、『しゃべってもいいか』と訊いていて、お姉さまはそれにうなずいた。

もう一度レオさまのほうを向くと、ウィルフレド殿下は静かな声で語り始めた。

「アマーリアと私は陛下に謁見をして、正式に結婚の許可をいただいた。そこに王太子も同席していたからな、そのときに見初《みそ》めたと思う」

「それで」

「私たちは予定通り、空いていた離宮に住むことになった。もちろんすべてを整えていた。私は自国の国民性についてはよく知っている。そりゃあ、固めたさ。衛兵も過剰なほどに置いた。特にアマーリアの侍女は厳選した。最近入ったような人間は一人もいなかった。ずっと私の近くにいた侍女しかいなかった」

レオさまはそれを、難しい顔をして黙って聞いている。

「言い聞かせもした。私の許可がない者は、決して屋敷に入れるなと。それがたとえ国王陛下でも、と」

「……その通りです。わたくしは、それを仰ったのを聞いていました」

小さな声だったけれど、お姉さまはウィルフレド殿下の説明に補足した。

「アマーリア」

口を開いたお姉さまを労わるように、ウィルフレド殿下は私が握っているのと逆の手を握った。

「大丈夫です。わたくし……説明できます」

弱々しく微笑みながら、お姉さまはそう言って、レオさまのほうに顔を向けた。手が小刻みに震えていて、私はそれをぎゅっと握る。

「ウィルフレドさまが登城なさっていたときでした。わたくしは自室におりました」

ぽつりぽつりと、お姉さまが懸命に言葉を紡ぐ。

王太子の来訪を侍女に告げられた。聞いていない、ウィルフレド殿下の許可はあるのか、ないのならば穏便にお断りしてくれ、と返した。

けれど、許可はある、それに王太子殿下がご足労くださったのに断るなどと、と怒られた。怯《ひる》んでいる隙に弟の婚約者に挨拶がしたいだけと仰っているのだから、と畳みかけられて応接室に通してしまった。

最初は本当に、向かい合って紅茶を飲んで話をしていただけだった。衛兵も侍女も控えていた。でも少しして、一人、また一人と衛兵も侍女もいなくなり、ついには二人きりになってしまった。

お姉さまはそこまで話すと、俯《うつむ》いて震えだし、言葉を発せなくなってしまった。

クロエさんは、小さく首を横に振った。その見知らぬ衛兵や侍女たちに憤ったのかもしれない。

『仕える主人を間違えるなどと』とでも思っているのかもしれない。

「ウィル……ウィルフレドさまは……悪くなくて……わ、わたくし……が、迂闊《うかつ》で……」

お姉さまはそれだけを絞り出した。

迂闊とは言うが、キルシーに行ったばかりのお姉さまが、その申し出を断れただろうか。相手は王太子だ。それだけでもう断るには勇気がいる。お姉さまは、セイラス王国の弱小子爵家の娘なのだ。

しかも衛兵や侍女が控えているというのだ。まさかとも思うものだろう。

衛兵を置いて。

侍女たちをつけて。

なのに王太子はそれを難なく突破してきた。

「たまたまだ。たまたま早く帰ったら、どうも屋敷の様子がおかしい。慌てて応接室に向かったら、助けを求める叫び声がする。それなのに侍女たちがそこに控えていて、衛兵までいる。なんとか扉を蹴破ったときには、王太子が逃げようとするアマーリアの髪をつかんでいるところだったよ」

お姉さまは震えながら、私に縋《すが》りつくように身体を倒してくる。だから私は腕を回してぎゅっと抱きしめた。ここは大丈夫だと、知らせたかった。

「もしもう少し帰るのが遅かったら、アマーリアは凌辱《りょうじょく》されていた。けれど」

思い出すだけで怒りを覚えるのだろう。ウィルフレド殿下の身体も震えている。

「これを、助けたと言っていいのかわからない」

レオさまは、ウィルフレド殿下の腰にある剣にちらりと視線を移してから、訊いた。

「殺したか?」

私はその言葉に息を呑《の》む。

しかしウィルフレド殿下はその質問を当然だと思っているかのように、流れるように首を横に振った。

「わからない。振り向いていない。何人か死んだかもしれないし、誰も死んでいないかもしれない」

お姉さまの息が荒くなってきた。ハッハッと小刻みに息を吐き出している。

「手応えはあったのか。特に王太子だ。思い出せ」

レオさまが重ねて問う。その声の響きが非情に聞こえた。

「もう……もう、いいじゃないですか」

私はお姉さまをさらに抱き寄せて、懇願するように言葉を発した。

「もう、十分に、話したでしょう？」

涙が出そうになる。けれど私は泣いてはいけない。

お姉さまは、泣いていない。

私は奥歯をぎゅっと噛《か》みしめた。

私が先に泣いてはいけない。

傷ついているのは、お姉さまなのだ。

私の声に、レオさまはハッとしたように顔を上げる。そして少し考え込んだあと、うなずいた。

「そうだな。これ以上は酷だろう。あとはウィルだけでいい。治療もしなければ」

そして壁際にいたクロエさんに顔を向けた。

「クロエ、医師を」

けれどクロエさんはそこに控えて動かないまま、口を開く。

「お勧めしません」

冷たい声だった。

「そういう話ならば、おそらくウィルフレド殿下はお尋ね者になっています。もしあちらの王太子殿下が亡くなっていたらどうなさいます。セイラスに入国したこともいずれ知られるでしょう。二人ともの引き渡しを要求されることは想像に難くありません。そのとき、二人を保護したレオカディオ殿下に、なんの影響もないとでも?」

「クロエ」

「なにもしないほうがいいのではないですか」

その冷静な声に、頭にカッと血が上る。いくらレオさま第一主義だって、それはあんまりなんじゃないか。

こんなに傷ついているお姉さまを放っておくなんて、私にはできない。

なのに、クロエさんは見捨てろと言っている。

そうだ。私たちが帰ってくる前にも医師に診せることはできたのではないか。今、この屋敷にはレオさまの主治医がいる。

お姉さまを見る限り、なんの治療も受けていない。クロエさんは、この部屋に二人を押し込めて、レオさまの指示を待ったのだ。

私はゆっくりとお姉さまを抱いていた腕を解くと、立ち上がった。

そしてクロエさんのほうに歩み寄り、その正面に立つとその冷めた目を見据える。

「父がここにいない今、私がこの屋敷の主人です。この屋敷は王子殿下にお貸ししているだけです。たとえ王家の方であっても、この屋敷内では私の指示に従ってもらいます。まずは、姉のために適切な治療を」

しかし怯むことなく、クロエさんは返してくる。

「屋敷がどうこういう話ではありません。これは、国と国との問題です」

「従ってもらいます」

睨《にら》み合いが続く。

しばらくしてから、レオさまが静かな声で答えた。

「クロエ。プリシラに従おう。怪我人を追い出すほど、セイラス王家は非情ではない」

「……殿下がそう仰るのであれば」

クロエさんはレオさまの言葉にはあっさりと了承した。私はほっと全身から力を抜く。

医師を呼んでくるとクロエさんは扉に向かったが、開ける前にこちらに振り向いた。

「医師は男性ですが、大丈夫ですか」

「あ」

「それから、ここでいいのですか。男性の目がない個室をお勧めいたします」

「あっ、ああ、そうですね」

「その布の中の衣装は、見られたものではなくなっていると推察いたします。プリシラさまの衣装をお貸しすることに許可を」

「あっ、はい」

偉そうなことを言った割に、私はクロエさんに訊かれるまで、そういった具体的なことが頭に浮かんでいなかった。

主人だなんて宣言したのに、やっぱり私は考えなしだ。

あわあわとしながらも、なんとか指示する。

「と、とにかく、お姉さまが使っていた部屋に連れていきましょう」

「どこですか」

「三階の……」

「ああ、わかりました」

クロエさんはすぐに理解したのか、私の言葉を遮ってきた。

「おかしな部屋だと思っていたんです。最初は、警備上は都合がいいかとレオカディオ殿下の部屋にしようかと思っておりました」

だからわかります、とクロエさんは付け加えた。

「ではお連れしましょう。立てますか」

お姉さまは一瞬、腰を浮かせようとしたけれど、ウィルフレド殿下がそれを制する。

「足首を捻挫しているんだ。折れてはいないようだが、私が運ぶ」

そう言って、布にくるまったお姉さまを、そのまま横抱きに抱き上げた。お姉さまはますます小さく丸まった。子どものようだ、と思う。

お姉さまの足首が布からはみ出ていたので見てみると、腫れあがっていた。私の捻挫とは程度が違う。あれでは歩くのは無理だろう。

クロエさんがお姉さまを抱えたウィルフレド殿下のために、扉を開けて脇に控える。

横を通り過ぎるとき、クロエさんはぼそぼそとウィルフレド殿下に話し掛けた。

「念のため確認いたしますが」

「なんだろうか」

「その布はどちらで？」

お姉さまをくるんでいる白い布を指さして、そう訊いている。

「ああこれは、追っ手が来る前に弟のところに寄ったんだ。どこぞでいろんなものを盗みながらやってきたわけではないから、そこは安心してくれ」

苦笑しながら答えたその言葉に、クロエさんはひとつうなずく。

「それはようございました」

それから二人が部屋を出るのを見届けると自身も部屋の外に出て、半分まで扉を閉めたところで室内に視線を向けてきた。

「必要があればお呼びしますので、こちらでお待ちください」

クロエさんは私にそう声を掛けると、一礼してから扉を閉めた。

応接室には、レオさまと私が残されて、沈黙が落ちる。

少ししてレオさまが、立ったままの私を見上げて訊いてきた。

「おかしな部屋とは？」

「お姉さまの部屋は、ちょっとわかりづらいんです。三階ですし、窓も小さい上に、はめ殺しで」

「ずいぶん厳重だな」

「お姉さまは……狙われやすいから」

だからお父さまがお姉さまの部屋を改造させた。窓の外に高い木があって目隠しにいいかと思っていたけれど、登られたほうがまずいと切ってしまったりもした。

キルシーはひどい国だって思ったけれど、そうなのかな、と私は思う。

今までお姉さまや私がこのセイラス王国で安心して生きてこられたのは、お父さまが大事に大事にこんな風に守ってきたからなんじゃないのかな。

だってお姉さまの部屋の場所を探ってきたクソ野郎だって私は知っている。

お姉さまがいなくなって、暇を申し出てきた使用人だっていた。

どこにだって優しい顔をした悪魔は潜んでいるのだ。

◇

しばらくして、ウィルフレド殿下は一人で応接室に帰ってきた。

「クロエは？」

「医師を呼んだんだ。彼女が言うには、やはり男性の医師も怖いようだから、控えていると。私もついていようかと思ったんだが、むしろ私には見せたくないのではと指摘されたから、私だけこちらに」

「そうか。クロエは信頼できるから任せておいていい」

「ああ」

レオさまは一人掛けの椅子から立ち上がり、ソファのほうに移動する。私もそのあとについて、隣に座った。

ウィルフレド殿下は元いた場所に戻ると、ドカリと座り込み、そして両手で顔を覆う。

「私も……信頼していたんだ」

王太子に協力した者たちを。

「特に侍女は信頼できる者たちだったんだが……なにか弱みを握られでもしたか、それとも単純に王太子に逆らえなかったか」

違う。そう私は思う。

もちろん今ウィルフレド殿下が挙げたことも理由にあるのかもしれない。

でもたぶん、それだけじゃない。

お姉さまが選ばれたから。その人たちは選ばれなかったから。

だから今まで味方だった人たちが、一気に敵に変わったんだ。

お姉さまは大事な主人を惑わせる、他国からやってきたぽっと出の、大した身分も持たない、美しいだけの女にしか見えなかったのだ。

ずっと仕えられてきたウィルフレド殿下は、逆に思いつきもしないのだろう。

「こうなると、国内は安心できなくてね」

ため息交じりに彼は説明し始める。

「だから、検問所を通らず国境を越えた。足取りをつかまれたくなかった。途中、第三王子のところにだけは立ち寄ったけれどね。なにも持たずに何日も馬は走らせられないから。あいつは王太子とは反目しているから、多少の協力はしてくれる」

「そこで保護してもらうことはできなかったのか」

「追っ手が来てね。これ以上は無理だと拒否された。アマーリアがひどい有様《ありさま》だったから着替えさせたかったんだが、時間がなくて。たまたま廊下を歩いていた侍女が持っていたシーツを何枚か拝借して、取るものも取りあえず、馬に乗って駆け出した」

「そうか」

「いくらか金子《きんす》は持っていたから、盗みながら移動はしていないぞ」

「もしそうしていたら、足取りを追われていたかもな」

苦笑しながら返すレオさまの言葉に、ウィルフレド殿下は薄く笑った。

それから目を伏せて、小さな声で続ける。

「ここしか浮かばなかったんだ。アマーリアにとって、完全に安全なところが。迷惑を掛けて申し訳ないとは思っている」

そう謝罪の言葉を口にして、うなだれるように頭を下げた。

単騎で。お姉さまを抱えて。あたりを警戒しながら山の中を走るのは、どれだけ心細かっただろう。

この屋敷の灯りを見たときに、どれだけ安心しただろう。

「そんなにすぐに追っ手が来たのか」

「ああ」

「では王太子は生きていると見たほうがいいな」

レオさまは口元に手を当てて、目を伏せてしばらく考え込む。

そして顔を上げたときに、きっぱりと告げた。

「だが、表立って保護することはできない」

「ど、どうしてですか」

私は慌ててレオさまに向かって問う。

クロエさんはともかく、レオさまならばと薄く期待していた。

お姉さまは被害者だ。保護は当然ではないのか。セイラス王家は非情ではないと、先ほど口にしたばかりではないか。

「これは、ものの見事な、『犯罪者の国外逃亡』だ」

レオさまはそう言って、じっと私を見つめてきた。

「犯罪者……」

確かにウィルフレド殿下は、その場にいた人たちを斬りつけた。もしかしたら殺してしまったかもしれない。

けれどそうしなければ、お姉さまは助けられなかった。たった一人で複数人を相手にするのに、加減なんてできるわけがない。

そもそも、王太子がお姉さまに無体なことをしなければよかった。衛兵や侍女たちが裏切らなければよかった話なのに、犯罪者、だなんて。

「あることないこと付け加えられて、全然違う話になっているだろうな」

そう言うと、はあ、と息を吐きながらレオさまはソファに身体を埋めた。

「アマーリア嬢が挨拶に来た王太子を誘惑して、それを見てしまったウィルが嫉妬にかられて王太子に斬りかかった。止めようとした衛兵も侍女も、逆上したウィルに斬られた、というところか。ウィルは王位継承権を放棄しているから王太子位簒奪《さんだつ》までは話が及んでいないかもしれないが、それもどうかな」

「ああ」

ウィルフレド殿下もそう予想しているのか同意した。レオさまは続ける。

「王太子の怪我の状態にもよる。軽傷ならば、痛い腹を探られないように内々に動くかもしれない。追っ手が王太子のものだったか、王城のものだったか。わかればある程度、状況が絞れるが」

「すまない」

「まあそうだろうな」

期待はしていなかったのか、レオさまはあっさりとそう答えた。

ウィルフレド殿下はソファに座って身を乗り出すようにしてレオさまに懇願する。

「いずれにせよ、長居はしない。ただ、一月《ひとつき》……いや半月《はんつき》、アマーリアをこちらで保護してもらえないだろうか」

「半月？　……まあいい、ウィルはどうするんだ」

「私は国へ帰る」

レオさまはその返事に顔をしかめた。

「殺されるかもしれないぞ」

「勝算がまったくないわけでもないんだ」

口元に弧を描いてそう微笑むけれど、無理に言葉を出しているように聞こえた。

いったいなんの話をしているんだろう。殺される？　目の前のこの人が？

平和の中で守られて生きてきた私には、彼らの語ることを上手く想像することができない。

「もうすでに迷惑を掛けているのにこれ以上頼むのは心苦しくはあるが、お願いする。アマーリアだけでもセイラスに置いてほしい。私が帰れば追及も厳しくはないだろう。それで、使っていない別宅があると聞いたのだが」

「……使っているんだ。コルテス子爵夫妻は今、そちらで生活している」

「そ、そうですよ。お父さまのところがあるじゃないですか。お父さまのところに匿ってもらいましょうよ」

私は勢い込んで言う。

お父さまなら、お姉さまを守ってくれる。

「だめだ！」

けれどレオさまの鋭い声が飛んできた。

「別宅に行ったことが知られたら、なにかあったとき、セイラス王家はコルテス子爵家をまるごと切り捨てるぞ」

「き……切り捨てるって」

「子爵が勝手に匿った。王家には関係ない。そういう話になる」

レオさまの翠玉色《エメラルドいろ》の瞳が、私を見ている。

それから静寂が応接室を支配した。

切り捨てる。王家が。私たちを。

考えがまとまらないうちに、ノックの音が響いた。

「入れ」

「失礼いたします」

入ってきたのは予想通りクロエさんだった。

彼女は一礼すると、淡々としゃべり始める。

「ウィルフレド殿下、アマーリアさまの治療はひとまず終了いたしました。大きな怪我はないようで幸いです」

「あ、ああ、ありがとう」

ウィルフレド殿下はその報告に、ほっと安堵《あんど》の息を吐く。

「食事のご用意をいたします。どうぞアマーリアさまとご一緒に」

「あ、いや、私は」

私たちと話をしている最中だと配慮したのだろう、ウィルフレド殿下は手を立てて断ろうとする。けれどクロエさんは首を横に振った。

「ほとんど飲まず食わずの上、睡眠も十分ではないと聞きました。いずれにせよ、今は休まれることをお勧めします。まずは食事を」

その言葉にレオさまは続ける。

「そんな状態では頭も回らない。落ち着いてから、また考えよう」

「……すまない」

そう謝ってからウィルフレド殿下は立ち上がり、クロエさんのほうにふらふらと歩いて行く。

今までお姉さまばかりに注目していたけれど、彼もかなり汚れているように見えた。衣装はところどころ破れているし、赤黒いシミもあちこちにある。

あれは、誰の血なんだろう。そんなことをぼんやりと思う。

パタンと扉が閉まる。応接室にレオさまと二人きりになって、けれど胸の中には薄暗い感情しかない。

「……悪いのは、キルシーの王太子なのに……」

ぽつりと口からそんな言葉が零れ出る。

「なのにどうして？　どうして逃げ回ったり隠れたりしないといけないの！」

私はバッとレオさまのほうに顔を向けると、叫ぶように声を上げた。

「抗議しましょうよ、抗議！」

「セイラスが、キルシーに？」

「そうですよ、お姉さまは被害者です！　そしてまだセイラス国民です！」

私の叫びを、レオさまはぴしゃりと否定する。

「無駄だな、しらを切られるだけだ」

その冷静な声に反して、私の感情はカッと燃え上がる。

「そんなの！」

「逆に抗議されて、戦《いくさ》にでもなったらどうする」

けれどレオさまは静かな声のまま、そう返してきた。

膨れ上がった気持ちが、あっという間に萎んでいく。

セイラス王国とキルシー王国の親善に尽力するはずが、お姉さまが火種になる。

その考えに、身体が震えた。

「だって……」

そんなの、理不尽じゃないか。そんなのは、正しくない。

「だって、あんなにひどいことをされたのに、泣き寝入りしろっていうんですか……」

目に涙が盛り上がってきて、私は慌てて俯いた。

「プリシラ」

「……レオさまなんか、嫌い。お姉さまを保護することに躊躇《ちゅうちょ》したもの」

私がクロエさんと言い合ったとき、レオさまはしばらく口を挟まずになりゆきを見守っていた。

お姉さまをこの屋敷に置くことを迷ったのだ。

仕方ない。レオさまは王子だ。なにもかも棄てて、後先考えずにお姉さまのことだけを守るだなんて、できるはずはない。

「お姉さまを匿ってくれないもの」

私が言っていることは、駄々っ子のように聞き分けのない、八つ当たりだ。

私だって王子妃になるのなら、情に流されてはいけないいんだ。私もレオさまと同じように、国全体のための選択をしなければならない。

「なにかあったら、切り捨てるだなんて言うんだもの」

間違っているのは私だ。

わかっている。わかっているのに。

止まらない。

「嫌い」

「すまない」

それなのに、レオさまは謝った。私は俯いたまま、ぶんぶんと首を横に振る。

その拍子に、涙がぽつぽつと膝の上に落ちた。

すると隣でレオさまが動いた気配がしたと思ったら、ふいに頭に腕が回される感触がした。

そのまま、抱き寄せられる。温かい。

「私はまだ諦めていない。だから、泣くな」

先ほどまでの冷静な声とは違い、どこか戸惑うような感情が含まれている声が、耳元でする。

私はレオさまの背中に腕を回し、その胸に顔を押し付けた。みるみるうちにレオさまの服が濡《ぬ》れて申し訳なさも湧いたけれど、だからといって離れたくはなくて、しがみつくように、彼の背中にある手をぎゅっと握る。

声を上げないように堪えても喉から漏れ出てしまう嗚咽《おえつ》を隠すように、レオさまは私を抱く腕に力を込めてくる。

もしこの先、コルテス子爵家が切り捨てられることになったら。

私はこの人を完全に失って、二度と会うこともないんだろうな、とそんなことを考えた。

その喪失感は、また私の涙をあふれさせた。

◇

私はお姉さまの部屋の前に立っていた。

私がお姉さまのためにしてあげられることなんてなにもなくて、なにをしゃべったらいいかもわからないし、こうして会いに来たって悲しい顔をしてしまって、かえって気を使わせるだけなんじゃないのかな。

そんな風に私は頭の中でぐるぐると言い訳じみたことを繰り返すだけで、なかなか身体が動かせない。

何度かノックしようと手を上げてみたけれど、やっぱり叩《たた》けなくて、どうしようどうしようと廊下をウロウロとしていると、ふいに扉が開いた。

「クロエさん」

中から出てきたのは、手に桶《おけ》を持ったクロエさんだった。

クロエさんは廊下に出て扉を閉めると、私のほうに向き直った。

「ずいぶんお悩みのご様子ですが、アマーリアさまは今はお休みになっております」

「あっ、そうですか……え？」

ずいぶん悩んでいたことを読み取られてしまっている。

「足音が聞こえましたので」

扉の前でウロウロしていたのを聞かれていたらしい。

「アマーリアさまも起きたときにお一人だと不安でしょう。こちらに寝具をご用意いたしましょうか」

いろいろと話が早い。さすが、伝説の人。

それにおかげで踏ん切りがついた。

「えっと、じゃあお願いします」

「ベッドを運び入れるとなると男手が必要になりますので、共寝でよろしいですか」

「はい」

「かしこまりました。ではご用意いたします。それまで、どうぞ中でお過ごしください」

「あっ、はい」

うながされて扉に手を掛けたところで、振り返る。

そして歩き出していたクロエさんの背中に声を掛けた。

「クロエさん」

「なんでございましょう」

答えながら、彼女はこちらに首を向けた。すました顔をしていて、その感情は読み取れない。

「あの、ありがとうございます」

「それが何に対してのお言葉なのかはわかりかねますが、お礼には及びません。私どもは主人のために動くだけですから」

この場合、クロエさんの主人はもちろんレオさまだろう。

この屋敷の主人は私だと宣言したけれど、クロエさんは、レオさまが私に従うと明言したことに従っているのだ。

「でも、ありがとうございます。姉の世話をしてくださって」

手に持った桶はおそらく、腫れあがった頬を冷やしたりとか、傷の洗浄とか、そういったもののために使った水が入っているのだろう。

するとクロエさんは、はあ、と諦めたかのような息を吐いてから、身体ごとこちらに向いた。

「この際、申し上げておきますが、ご心配には及びません。アマーリアさまは、いけ好かない女性ではありますが」

「いけ好かない」

なんとまあ。はっきり言いますね。

「そりゃあレオカディオ殿下との婚約予定を変更してまで、違う方に嫁ごうとしているわけですから。ウィルフレド殿下を悪く言うつもりはありませんが、レオカディオ殿下以上では決してありえないと、問い詰めたくもなっています」

あっ、はい。

「おまけに美貌に恵まれて、人生楽勝なんだろうとも思ってましたし」

それレオさま関係ない。

しかし力説していたクロエさんは一転、目を伏せて続けた。

「けれど、あの身体中の傷を見ると、同じ女性として心苦しくはあります。ちゃんとお世話はいたしますので、ご心配なく」

「それは心配していません」

だってクロエさんだもの。伝説の人らしいし。世話をすると言ったらするんだろう。

「そうですか」

「レオカディオ殿下が、クロエさんは信頼できるから任せていいと仰ったので」

私がそう理由を述べると、クロエさんは何度か目を瞬かせてから、ふっと笑った。

「それは光栄です。その信頼には応えねばなりません」

クロエさんはそう力強く答えると、一礼してから立ち去っていった。

◇

私はベッドの横に置いてあった椅子に腰掛けて、眠るお姉さまの顔を見つめた。

言った通り、クロエさんはちゃんと世話してくれたのだろう。清潔な寝衣に着替えて、清拭《せいしき》もしてくれて。それでもやっぱり頬の腫れと痣は痛々しいけれど。

プラチナブロンドの髪がベッドに広がっている。美しい艶を持つ髪はところどころ不自然に跳ねてしまっていた。

髪を引っ張られてちぎられたのだ。根元から抜けた髪もあるだろう。

どうしてこんなひどいことができたのか、理解に苦しむ。

「う……」

ふいにお姉さまが顔を歪《ゆが》め、唸《うな》るような声を出す。

どこか痛いのかな、顔もだけど捻挫もしているという話だから、冷やしたほうがいいのかもしれない。

私は脇にあった桶に手拭いを浸そうとそちらに手を伸ばした。

そのとき、お姉さまがガバッと突然、跳ね起きる。

そしてキョロキョロとあたりを見回した。

「お姉さま」

呼びかけるとビクッと身体を震わせて、それからゆっくりとこちらを見て、そして少ししてからホッと息を吐き出す。

「プリシラ」

お姉さまは開いた手のひらで、胸のあたりを撫《な》でた。

嫌な夢を見てうなされたのだ、とわかった。

お姉さまはどれだけ怖かっただろう。

ウィルフレド殿下以外誰も知らないところで、誰を信じていいのかわからないまま、蹂躙《じゅうりん》されようとしたのだ。

身体中にあるという傷は、お姉さまの抵抗の跡だ。

くっきり痣が残るほどに手首を握られて。髪をちぎれるほどに引っ張られて。

私は、レオさまの部屋で、呼んでも誰も来なかったことを思い出す。

もし相手がレオさまじゃなかったら。もしキルシーの王太子のような人だったら。

助けてと叫んでも、そこにいるのに誰も来ない、その絶望を。

私は耐えることができたのかな。

「お姉さま、がんばりましたね」

私がそう声を掛けると、お姉さまは私の顔を見て、何度か目を瞬かせた。それから小さく笑う。

「ええ、そうなの。がんばったの」

「偉いです」

「もうだめかとも思ったのだけれど」

「良かったです」

「殴ったりもしたのよ」

「当然です」

「蹴り上げちゃった」

「潰れているといいですね」

「まあ、プリシラったら」

そう言ってお姉さまは泣き笑いの表情で、ふふふ、と笑う。

忘れることはできないのかもしれない。けれどこんな風に少しずつ、元気になれたらいいな、と思った。

◇

姉妹二人で一緒に寝て、朝、目が覚めると横にいるお姉さまは健やかな寝息を立てていた。そのことにほっと胸を撫で下ろす。

夜中、お姉さまはうなされては何度も目を覚ましていた。

そのたび、手を握ると安心したように微笑んで、また眠りに落ちていった。

朝食も、ベッドの上で一緒に食べた。お姉さまは口の中を切っていてなかなか進まなかったけれど、食欲がないわけではなさそうなので、安心する。

「プリシラがいてくれて、本当に良かった」

お姉さまは微笑んでそう言うけれど。

でもきっと、傍にはウィルフレド殿下がいたほうがいい。

◇

姉妹で寝ていたので遠慮していたらしいウィルフレド殿下を、お姉さまの部屋に案内する。

彼が入室すると、お姉さまはハッとしたように、自分の顔の横の髪を撫でて、頬の腫れを隠すようにしていた。

無残に青黒く腫れあがった顔を見られたくなかったのだろう。

ウィルフレド殿下はベッドの横の椅子に腰掛けて、投げ出されたお姉さまの手を取る。そして優しく柔らかな声音で話し掛けた。

「アマーリア、よく眠れたかい？」

「え、ええ、プリシラがついていてくれたので」

お姉さまは伏し目がちにそう答える。

「食欲は？」

「先ほど、朝食をいただきました」

「そう、良かった」

ウィルフレド殿下は、お姉さまの手を両手で挟むように握り直すと、口を開いた。

「すまない。私が不甲斐《ふがい》ないばかりに、アマーリアに怖い思いをさせてしまって」

「そんなこと！」

　バッと彼のほうに振り返るが、痣を見られると思ったのか、また慌てて顔を伏せてしまう。

「ウィルフレドさまのせいでは……ありません。わたくし……わたくしが、迂闊でした」

　その言葉で、また思い出してしまったのか、お姉さまの身体が震え始める。

　ウィルフレド殿下は立ち上がるとベッドの端に座り、そして顔を上げないお姉さまの肩に腕を回す。それからそっと抱き寄せた。

「アマーリア、いつかきっと忘れられる。傷だってそのうち消える。ひとつだって残さないように手を尽くす。だからもう、自分のことを責めなくてもいいんだ」

　するとお姉さまは、ぽつりとつぶやいた。

「本当に、傷は消えるんでしょうか……」

「え？」

「ウィルフレドさまに褒めていただいたのに、顔に傷が残ったら……わたくし……」

「アマーリア」

　お姉さまは空いた手で目の前のシーツを握り締め、俯いたまま、弱々しく言葉を発する。お姉さまの震える手の上に、ぽつりぽつりと涙が落ちた。

「わたくし、ウィルフレドさまに差し上げるものがなにもない。わたくしには、この顔しかなかったのに」

「アマーリアは、今だって十分美しい。今も私の心をつかんで離さないのだから」

その言葉に、お姉さまは涙に濡れた顔を上げる。

ウィルフレド殿下はその顔に手を当てて、労わるように優しく撫でた。

「傷を見るたび思い出すとつらいだろうと思っていたが、もし私の愛を疑うというのなら、そのままでいてほしいとすら願う。それでも私は生涯アマーリアを愛し続けて、どんなになっても誰よりも美しいと証明してみせるよ」

今は、どんなに甘い言葉も暑苦しいとは思わなかった。もっと甘やかしてほしいと思った。

ウィルフレド殿下はお姉さまの前に両腕を広げる。お姉さまはその動きに応えるように、彼の胸の中に飛び込んだ。

お姉さまは、ウィルフレド殿下の胸の中でわあわあと泣いた。背中に腕を回してしがみついて声を上げて幼子のように泣いた。

私は今まで、こんな風にお姉さまが泣いているのを見たことがない。

いつも穏やかに微笑んで、「大丈夫よ」と口にするお姉さましか知らない。

もしかしたらお姉さまは、ウィルフレド殿下を初めて見たときに、身体を預けて泣いてもいい人だと感じたのではないかな、とそんな気がした。

◇

私はそっと、抜き足差し足でお姉さまの部屋を出る。

これ以上は、お邪魔でしょう。

廊下に出て扉をそっと閉めると、お姉さまの泣き声が小さくなった。今は思う存分、泣いて欲しいと思う。

顔を上げて歩き出すと、ちょうどレオさまが階段を下りているところだった。もしかしたら、すぐそこのウィルフレド殿下の客室に会いにきたのかな。それでこちらの泣き声を聞いて、引き返したのかもしれない。

「レオさま」

そちらにたたたっと駆け寄って呼びかけると、レオさまは足を止めてこちらを見上げてきた。

「なんだ」

「ごめんなさい」

「なにが」

「ごめんなさい。昨日のは、嘘《うそ》です」

嫌いだと言ったこと。

「そうか」

レオさまは表情を変えずに、それだけ返してきた。

「八つ当たりです。嫌いなんて、嘘です」

「わかった」

そう言ってこちらから顔を逸らすと、また階段下のほうに向かって歩き出す。

「あの」

さらに呼びかけるとレオさまは足を止めたけれど、前方を見つめたままだった。

「そっちに行ってもいいですか」

「来たければ来ればいい」

ぽつりと零すと、また歩を進め始める。なので私は早足で駆け寄ろうとした。

「走るな」

レオさまはこちらに振り向かないまま、立ち止まってそう声を掛けてくる。だから言われた通り、ぴたりとその場に留まった。

「階段は危ない」

「はい」

そうか、昨日、つまずいたばかりだから。もう痛くもなんともないけれど、気を付けないと。

心配してくれた。それが少し嬉《うれ》しくて、私は手すりをしっかり握って、レオさまに追いつく。それまでレオさまはその場で待っていてくれた。

でも全然、こっちを向いてくれない。怒っているのかな。でも傍に来てもいいって言ってくれたし、怒ってはないのかな。

八つ当たりで嫌いと喚いて泣いた私を、抱きしめて慰めてくれたし。怒ってはいないと思いたい。

というか今考えると、抱きしめられたの、恥ずかしいな。でも、とても気持ち良かった。すごく安心できた。もしレオさまが怒っていたら、そんな風には感じない……と思うんだけれど。どうだろう。

私が追いつくと、レオさまは再び歩き出す。

「プリシラ」

「はい」

硬い声音だった。浮かれた気持ちに冷や水を浴びせられた気分になる。

「私情に走ってはならないから、切り捨てるという選択肢を棄てることはできない」

「……はい」

仕方ない。レオさまの立場を考えれば、それは当然のことだ。

ここまでしてくれただけでも、感謝しなければならないんだ。

けれどレオさまは続けた。

「でも私は、ギリギリまでは足掻《あが》いてみたい。そのために」

そして私のほうに振り向いた。真摯な眼差しをしたレオさまの金の髪が揺れて、輝く。

「作戦会議だ」

番外編1　第三王子の朧朧《ろうろう》たる記憶と、その回想について

私はさきほどから悩んでいる。

婚約発表が行われた広間から退場する父上と母上の背中を見送りながらも、頭の中はそのことでいっぱいだった。

なにに頭を悩ませているかといえば、蒼玉色《サファイアいろ》の瞳とふわふわの金髪を持つ、この私のすぐ横にいる可愛らしいご令嬢の名前がなんであるか、ということである。

うっすらとはわかっているのだ。うっすらとは。

確か、四音くらいの名前だ。それで、プ……から始まる気がする。

プリムラ……違う気がする、が、たぶん惜しい。プラティナ……でもない。プロスティ……は絶対違うな。

彼女は私、第三王子たるレオカディオの婚約者なのだ。名前が思い出せないなど言語道断だ、と糾弾されても文句は言えない。

なぜ未来の妃である彼女の名前を覚えていないのかというと、本来は婚約者となるのは別のご令嬢の予定だったたからだ。

だからそちらの名前は覚えている。

アマーリリア・コルテス。コルテス子爵の長女だ。

彼女が私の結婚相手に選ばれたとき、資料が手渡された。そこにはもちろん、アマーリア嬢についてのことが書いてあった。この資料を作った者の主観が至るところにちりばめられていて、アマーリア嬢がいかに美女であるかということに行数が割かれていた。

そしてたった一行、妹がいると書かれていたと思う。そしてその名前も。

私はその資料を懸命に頭の中で繰った。何度か目を通したのだから、頭のどこかに引っ掛かっているのではないか、と期待したのだ。が、どうにも出てこない。

さきほど彼女はイバルロンド公爵夫人と話をしていた。そのときに名乗ったか？　いや、私は聞いていない。

というか、このご令嬢は公爵夫人が誰かがわからないように見えたので、私はわざわざ夫人の名前を呼びながら近寄った。

その礼と思って、新たにさりげなく名乗ってくれないだろうか、と少々理不尽なことを思い始めたとき。

そうだ、挨拶、と閃《ひらめ》いた。

公爵夫人とのいざこざより前に、大事な挨拶をしたではないか。ウィルに向かって。

ちゃんと聞いておけばよかったと、胸の内で後悔する。

あのときは焦っていたので意識があちこちに飛んでいた。だからその記憶も曖昧なのだ。

けれど覚えているかどうかも怪しい資料を思い浮かべるよりは、ついさきほどの話を思い出すほうがまだ確実なはずだ。

まずはさきほどの父上の挨拶だ。あそこで父が、このご令嬢の紹介をしたはず。まだ記憶も新しい。これはいける。

えぇーと……確か……そうだ、コルテス子爵の息女を、って……。

あ。これ、父上も覚えてなかったとみた。

私は自分の婚約者の横顔を、なんだか気の毒な気持ちで眺めてしまう。

ひどすぎる。

父上も、婚約者たる私も、彼女の名前を覚えていないだなんて。

これは絶対に思い出さなければならない。

たぶん立場上、名を問えば素直に答えてくれるとは思う。

けれどこんなに突然に、会ったこともない私の婚約者に仕立て上げられた挙句に名前すら覚えられていないだなんて、傷つくのではないだろうか。この愛らしい顔が悲しみに歪《ゆが》むのは見たくない。

ここまで滞りなくこの入れ替わり作戦が進んだのは、ひとえに彼女のそつのない立ち振る舞いによってだ。

最大の功労者を称えるためにも、なにがなんでも思い出さなければ。

妙な使命感を胸に抱き、私は持てる力のすべてをもって頭を回転させる。

美しくドレスの裾を持ち上げ、滑らかに足を引き、完璧とも言える淑女の礼をした彼女の姿を思い浮かべる。

確か……。そうだ。

『わたくしは、プリシラ・コルテスと申します』

突如、その鈴を転がすような澄んだ声が頭の中に響き、その名が思い出された。

よくやった、私。私はやればできる男だ。

よし、呼ぼう。

勢い込んで彼女のほうに振り返ると、彼女もまた私を見つめていた。

うっ。

「ええーと」

思い出したと思ったけれど、間違っていたら本当にすまない。

「プ……プリシラ嬢」

「なんでございましょうか、レオカディオ王子殿下」

彼女はすぐさま返事してきた。よかった、正解だった、と私は心の中で胸を撫《な》で下《お》ろす。

「レオでいい。呼びにくいだろう」

「じゃあ、レオさま」

これまた、すぐさま返してきた。

気持ちのいい子だな。話が早い。

王侯貴族の、いちいち相手の言葉の裏を読みながら次の発言を考える、という社交の会話なんかより、よっぽど好ましい。

そうして私は大仕事が終わった広間を背にして、彼女を伴って自室に帰ったのだった。

思った通り、プリシラは打てば響くように言葉を返してくる。

楽しい。

ころころと変わる表情も、物怖じしない性格も、すべてが好ましくて時間を忘れる。

私だけだろうか。

プリシラは仕方なく付き合っているだけではないだろうか。

さっき、「完全に裏目」とか言っていたし。いやそれは、この婚約を内密に進めてしまったことに対する話で、私との婚約が裏目という意味ではなかったようだけれど。

でも、彼女の本心は読めはしない。なにせ、さきほど出会ったばかりだ。

もっと話がしたい。私は心からそう思う。

だからつい、引き留めてしまったのだ。

◇

頭が痛い。それになんだか気持ちが悪い。

爽やかな目覚めとは程遠い、朝を迎える。

体調がよくない上、窓から差し込む陽の光が顔に当たって無理矢理に起こされては、気持ちの良い朝とはどうやっても呼べない。

陽の光？　ああ、誰かカーテンを閉め忘れたのか。今までそんなことはなかったのだが、昨日はいろいろ大変だったから、うっかりすることもあるだろう。

そんなことを考えながら、腕で日光を遮りながら目を開ける。

すると目の端に、なにかが映った。通常ではそこにないはずの、なにか。

「えっ」

ぱっとそちらに顔を動かすと、そこには愛らしい少女が目を閉じて、健やかな寝息をたてている。

「うわあ！」

反射的に声が出た。

一気に身体が冷えていく。

なんだこれ。なんでこんなことに。なにがどうしてそうなった。

そんな意味のない言葉ばかりが頭の中をぐるぐると駆け巡る。

すると私の声で目が覚めたのか、何度か眉根を寄せたあと、ゆっくりと瞼《まぶた》が開き、蒼玉色の瞳が私をまっすぐに見た。

「あ、おはようございます」

ひぃ！

起きた！

動揺しすぎて、もうなにがなんだかわからなかった。

とにかく彼女から離れないと、とざかざかとベッドの上を後退して逃げると。

考えてみれば当然なのだがベッドは途切れ、背中から思いきり落ちてしまう。

「うわあ！」

なんとか反射的に肘を先に突いて頭は打たずに済んだが、背中をしたたかに打ち付けた。

「……痛い」

全身の力を抜いたあと、ぼそりとつぶやく。

天井が見える。

ひどい失態だ。

さすがにここまでの失敗をしたことは、私の人生には一度もない。

それなりに努力して、それなりにそつなく生きてきたはずなのに。

穴があったら入りたい。

「大丈夫ですか」

まったく大丈夫じゃないが、大丈夫、と答えて立ち上がろうとすると。

むんずと両足首を摑《つか》まれた。

なぜ持った。

◇

その後、プリシラは部屋を出て行った。

どうやら私たちの間には何ごともなかったらしい。本当に良かった。

私は安堵《あんど》のため息を漏らすと同時に、胸を撫で下ろす。

もし酔った勢いで手を出していたとしたら……恐ろしい。絶対に各方面で地獄を見る。

なによりプリシラに申し訳なさすぎる。

とはいえ、私の寝室にて二人で朝を迎えたのは確かだ。

そこはもう、ついうっかり寝入ってしまった、と言い張るしかない。実際、その通りだし。

どこまで侍従たちが信じたかはわからないが、もうそっちは考えないことにしよう。

それよりも、さきほどの会話で引っ掛かったことがある。

『ああ、ではまた昼に』

『はい、また昼に』

これだ。

どうも、このやり取りをするのが一回目ではない気がする。

ということは、失われた記憶の中にある会話なのではないか。

プリシラの言によれば、酔った私は一度は部屋に帰るように指示したらしい。とすると、昨夜同じような会話をしたとしてもおかしくはない。

引っ掛かったということは、頭のどこかに残っているということだ。

なので私はその会話を取っ掛かりにして、なんとか記憶を取り戻そうとする。

自分の記憶がごっそりなくなるなんて、恐怖以外の何ものでもない。

お酒、怖い。

今まで「酒を飲み過ぎて記憶がない」と弁解していた人々に対して、「どーせごまかしているんだろう」と冷めた目で見たことを謝罪したい。いや、本当にごまかしている人もいる気がするから、謝罪はしなくてもいいか。

とにかく。

どうにかして思い出したい。

私は寝衣に着替えさせられている間も、酔い覚ましの苦い薬湯《やくとう》を飲んでいる間も、昨夜のことをずっと考えていた。

「ではお時間になりましたら、お起こししますので」

「ああ、頼む」

「御前、失礼いたします」

クロエが仮眠したほうがいいと進言してくるので、それに素直に従っている間も、そしてクロエがカーテンを閉めて部屋を出て行ってからも、ずっとずっと考えていた。

おかげで、少しは記憶が戻ってきている。

昨夜、ふたりで飲み交わしている最中に、うつらうつらし始めて立ち上がったのも。

自分で歩いてベッドに向かった、のもなんとなく思い出せている。

しかし肝心なところが曖昧だ。たぶん半分寝ていたのだろう。

そうして頭の中を動かし続けていたから、まったく眠れない。少しは眠っておきたいんだが。考えるのは、今でなくてもいいのに。

けれど私はベッドに横になりつつ、ぼうっと考え続け。

そして寝返りをうって、身体を横に向けた途端。

「あー！」

思わず頭を抱えつつ、大きな声を上げてしまった。

「いかがなさいましたか、レオカディオ殿下！」

次の瞬間、血相を変えてクロエが寝室に飛び込んで来る。

私は半身だけ起こし、慌てて手を振った。

「あ、いや、なんでもない」

「しかし」

「心配させてすまない。なんでもない。なにかあれば呼ぶから」

「かしこまりました」

釈然としない様子ではあったが、一礼すると、クロエは寝室を出て行く。

そして私は扉が閉まるのを見届けたあと。

はあー、と大きく息を吐き、もぞもぞとベッドの中に潜り込む。

……思い出した。

というか、思い出したくなかった。

いやでも思い出さないままだったら、もっとダメな気がする。

よくもまあ、あんなこっぱずかしいことを口にできたものだ。自分の発言とは思えない。恥ずかしすぎて大声を上げながら寝室の中を駆け回りたい衝動に駆られる。いや、またクロエが飛び込んでくるからやらないが。

だってとても綺麗《きれい》だったんだ。

カーテンの閉められていない窓から差し込む月明かりを受けて。

プリシラの蒼玉色の瞳が輝いて。

そしてこちらを見つめていたんだ。

正《まさ》しくこれが、コルテス領の蒼玉なんだろうと、心から思ってしまったんだ。

これからずっと、この輝きが傍にあることが嬉《うれ》しくなってしまったんだ。

プリシラ。

蒼玉色の瞳の娘。

私の、蒼玉。

思い出してしまったが、思い出さなくても、きっといつか同じことを口にしたのではないだろうか。

そんなことを思いながら私は、いつしか寝入ってしまったのだった。

仮眠をとったとはいえ、まだ気持ち悪さは残っている。

だからといって、この昼食会を延期することなどできるわけがない。

父上も母上も、当然、多忙だ。ようやく空けられた時間なのだ。

それに昨日の騒ぎを考えても、コルテス家の面々との早期の顔合わせは必須だ。

昨夜、醜態を晒《さら》してしまったことを思うと、プリシラに会うのはちょっと怖い気もするが……逃げていても仕方ない。

◇

そんなことを思いながら、昼食会場に向かう。

そして開かれた扉の向こうに、今朝、会ったばかりのはずのプリシラがいた。

けれど、まるで初めて出会ったような気分になった。

昨日の夜会でも、もちろん十分に美しく着飾っていた。

でも今日は、王城側で用意したのだろう。王子妃となる予定のプリシラは、昨夜よりもさらに着飾っていて、そしてそれがとても似合っていて、眩《まばゆ》いほどだ。

横に立ってそちらをまじまじと見つめてしまうと、彼女の蒼玉色の瞳も見つめ返してくる。

思い出された発言がまた脳裏に浮かび、暴れ出したいような気持ちをなんとか押し込める。

「君は」

「はい」

「……元気そうだな」
だから、これしか言えなかった。名前も、呼べなかった。
プリシラ。
二度と忘れない名前。
そして、生涯、呼び続ける名前だ。
けれどその名を呼ぶのは、少しだけ気恥ずかしい。
ちょっと意識しすぎではないかという気もするが、どうにも抵抗がある。
でもきっと、これからずっとともにあるのだから、自然と呼べる日も来るのだろう。
やってくるはずの未来が、少し楽しみだ。
私は昼食会の席に着きながら、そんなことを考えていたのだった。

番外編2　侍女頭の過去と、天使たちについて

王城の侍女として採用されたのは、運が良かったとしか言いようがなかった。

私のような、爵位を持たぬ中流階級の家の出身の者もいないわけではないのだが、王城に勤めるためにはやはり信用が第一なので、貴族の者がどうしても多くなる。

言ってしまえば、縁故がないとほぼ採用は無理、という職場なのだ。

それに対して不服を述べるつもりはない。雑用をこなす下働きならともかく、国の中枢にいる王族たちのお世話をする侍女という職に、得体のしれない者は入れられない、ならば貴族から、という選択は大変に合理的だ。

重ねて、王城の侍女として勤めた、という経歴は貴族令嬢たちにとっても箔《はく》が付くものらしく、嫌がる者はほとんどいない。

とはいえ、貴族たちだけで王城を維持するには人手が足りない。そういうわけで、たまーに貴族以外からの採用もある。私はそれに引っ掛かったのだ。

侍女として勤めていた侯爵家の主人が、「よく気の付く侍女がいますよ」と王城に推薦してくれた。

けれど侯爵閣下は、私のためを思って推薦したわけではない。もう三十歳になる女よりも、多少仕事ができなくても若い女性を傍に置きたかったために、私が必要なくなったのだ。

念のために言っておくと、色恋沙汰に発展したり、性的な嫌がらせを受けたことはない。どうやら単純に、見栄えがするほうがいい、というだけの話のようだった。

それに対しても不服を述べるつもりはない。なぜなら私も最初はそうして採用されたのだから。

子だくさんな中流階級の家に生まれ、さして外見に恵まれることもなく、かといって可愛げのある言動ができるわけでもない私の人生など、まあこんなところだろう。

安定した生活を送れることが、なによりの私の望みだ。

そのために王城の侍女という職はもってこいだった。やはり給金の良さは魅力的だ。

さてそんな風に勤め始めた王城ではあったが、侍女としての仕事はほとんどなかった。意味がわからない。

「あのクロエという女、貴族ではないそうよ」

「いったいどんな風にして潜り込んだのやら」

「ああ、いやだ。王族方の側仕えに、こんな輩が入り込んでくるなんて」

先輩侍女たちには、聞こえるように嫌味を言われた。

そんな風だから、新参者の私に重要な仕事はやってこない。だからといってなにもしないわけにはいかないので、「なにかすることはありませんか」と聞いて回っては、雑用をこなした。

黙々とそうして身体を動かす私が気に入らなかったのか、嫌味は日々続いた。

気にならないわけではない。神経は擦り減っていく。けれど言っても仕方がない。この貴族社会では、貴族たちが優先されるのだ。息をひそめて、じっとしているのが吉だ。

きっと誰かが、いつか認めてくれる。それだけが希望だ。

◇

ある日のことだった。

私はいつものように、山積みの書類を抱えてえっちらおっちらと廊下を歩いていた。そのために視界は狭くなっていたので、間違っても誰かにぶつかったりしないよう、壁際を選択して歩いていた。

それなのに、廊下の真ん中あたりを歩いていた先輩侍女が、ふいにこちらに寄ってきたかと思うと、足を引っかけてきたのだ。

「あっ」

私はその古典的な手法にまんまと引っ掛かり、書類をそのあたりにばらまいて転んでしまう。

まずい。これは会議に使う書類だ。こんな風に散らばしておいていいものではない。

私は慌ててそれらを拾い集める。

「まあ、不注意ではなくて？」

「よく前を見ないから」

「こんな鈍い女が侍女だなんて」

くすくすと嘲笑しながら、慌てる私を眺めている。もちろん手伝いもしない。

なんだなんだと集まってくる人たちも、ただその様子を見守るだけだ。

私はただ黙って、必死で書類を集めた。じわりと涙が浮かんでくるが、それどころではない。

そちらに顔を向けることもしない私に苛立ったのか、足を引っかけてきた侍女が荒い言葉を浴びせてくる。

「貴族たるわたくしにぶつかったのだから、まずは謝ってはどう？　それすらもできないなんて、なんて無礼なわきまえない女かしら」

ぶつかってきたのは、そっちではないか。

そう返したかったが、私はそれをグッと飲み込んだ。

仕方ない。私が頭を下げるまで絡み続けるつもりだろう。それではいつまで経っても片付きはしない。

納得はできないし、悔しくてたまらないが、それがこの王城で生きる術だ。

私はなんとか涙が零れないように耐えると、顔を上げる。目尻が濡《ぬ》れているのを見て勝ち誇った笑みを浮かべた女に向かって、私は口を開こうとした。

そのときだ。

「女の子は守るものなんだぞ！」

そんな言葉とともに、私の目の前に金色に輝くなにかが飛び込んできた。

いや、輝いているのは、窓から入る陽の光を浴びる金の髪だ。

けれど私には、全身から輝きを発しているように感じられた。

というか、どう考えても私は女の子という年齢ではないのだが、気遣われたのだろうか。

「レオカディオ殿下！」

その場にいた者たちが、慌てたように口々に言っている。

レオカディオ殿下。つまり、第三王子殿下。齢五歳であらせられるはずだ。

「ディノ兄上が、そう言っていたのだぞ」

どこか誇らしげに、目の前の王子殿下は胸を張った。

小さな身体。けれど両腕をいっぱいに広げて、私の前に背を向けて立ちはだかっている。

すると彼は、くるりとこちらに振り向いた。

「大丈夫か？」

そう気遣うと、こちらに手を伸ばしてくる。

「天使」

思わず口から零れ出た。

「え？」

目の前の天使は首を傾げた。

危ない。どうやら聞き取れなかったようだ。助かった。

私としたことが本音を口から漏らすとは。天使、恐るべし。

この私に向かって伸ばされた清らかな手を取りたいのは山々だが、この小さな身体では、むしろ転がしてしまうのではないだろうか。

それはいけない。それは決して許されない。誰が許しても、私が自分を許せない。

そう思って躊躇《ちゅうちょ》していると。

「あらまあ。これはいったい、なんの騒ぎなの？」

そんなのんびりした声が響き、皆の動きがピタリと止まった。

「母上！」

嬉々《きき》とした声音でそうその女性を呼ぶと、レオカディオ殿下はパタパタとそちらに駆けていく。

くっ、そんな姿も神々しい。

見惚《みと》れている場合でもないので、私は慌てて立ち上がると、その方の斜め前で深く腰を折り頭を下げた。

第三王子殿下の母君。つまりは王妃殿下だ。大輪の薔薇《ばら》の如くと謳《うた》われる美貌の持ち主。天使によく似ていらっしゃる。いやこの場合、逆か。

誰もがおろおろするだけで王妃殿下の質問に答えないので、仕方なく口を開く。

「お騒がせして申し訳ございません。わたくしが転んだところを、第三王子殿下に手助けいただいてしまいました」

「まあ、そうなの」

そう返してきて、畳んだ扇で口元を隠して、うーん、と斜め上を見て何ごとかを考えたあと、私に向かって問うた。

「あなた、名前は？」

そう訊《き》かれては、無視はできない。

「王妃殿下のお耳を汚す無礼をお許しください。わたくしは、クロエ・メドラノと申します」

「そう、クロエというの。覚えておきましょう」

そう言って、天使の母君はにっこりと微笑んだ。

そして足元に散らばる書類に目を落とすと口を開く。

「あらまあ、これは早く片付けなくては。あなたたち、なぜ突っ立っているの？」

心底不思議です、という顔をして小首を傾げる。

「困ったわねえ、レオカディオが見ているわ」

つまり、誰も手を貸さないこの状況を、まだ幼い第三王子殿下に見せるとは教育によろしくない、ということだ。

「母上、私は手伝えます」

少し唇を尖《とが》らせて、王子殿下はそう口を挟んできた。誰が手伝わなくとも、誰が教えなくとも、自分はできると言いたいのだろう。そしてそれを実践するため、腰をかがめて手を伸ばそうとする。

「いえっ、王子殿下の手を煩わせるわけには！」

周りにいた者たちが慌てて拾い始めるのを見届けると、王妃殿下はひとつ、満足そうにうなずいた。

「では任せましょう、レオカディオ」

「はい、母上」

そうして二人は連れ立って去っていった。

レオカディオ殿下は最後に私に振り返り、その小さな手を振ってきた。

かといって振り返すことができるはずもなく、私はただ深く頭を下げるだけだった。

◇

そんなことがあったからといって、都合よく王妃付きになるなんてことはなく。先輩侍女たちの嫌味が収まるわけでもなく。変わらない日々が過ぎていく。

しかし私はとにかく、またあの天使たちに出会うためにがむしゃらにがんばった。

いつか誰かが認めてくれる、というのはほんの少しずつだったけれど、幸いにも重なっていった。

そうしているうち年月が経ち、そして気が付いたら王城の侍女を束ねる侍女頭となっていたのだ。

ある日のこと、王妃殿下は楽しそうに笑いながら声を掛けてきた。

「クロエ。むかーし、レオカディオにいじめから守ってもらったことがあるでしょう」

思わずピクリと身体が揺れる。

まさか覚えておいでだったとは。しかもあの場で起きたことを正確に把握しているとは。

しかしそうですね、とは返答できず、私はとぼけてみせる。

「そうだったでしょうか」

「そうよ。そのうち傍にくるのではないかと思って、あなたの名前は覚えていたわ」

「痛み入ります。けれどどうして」

そう首を傾げると、王妃殿下はうふふ、といたずらっ子のように笑った。

そして私の淹《い》れた紅茶をゆっくりと楽しんだあと、口を開く。

「わたくしの息子を天使と呼ぶからには、ね」

そう明かすと私に向かって、軽く片目を閉じた。

私はあっけにとられてそれを見つめるしかできなかった。

「クロエにそんな顔をさせるとは、わたくしもなかなかやるでしょう」

笑いながらそう言われ、私は慌てて自分の顔に手を当てる。

いけない、口が開きっぱなしだった。

どうやらなにもかも、お見通しだったらしい。

「ご慧眼《けいがん》、恐れ入ります」

そう畏まって頭を下げると、王妃殿下はまたうふふ、と笑った。

そして私は今日も、天使の親子のお役に立つべく、仕事に精を出すのだった。

あとがき

この度は、『姉の代わりの急造婚約者ですが、辺境の領地で幸せになります！　～私が王子妃でいいんですか？～』をお手に取っていただき、誠にありがとうございます。作者の新道梨果子《しんどうりかこ》です。

突然に王子の婚約者になってしまった子爵令嬢プリシラと、そのお相手のレオカディオのドタバタ感のある恋物語、楽しんでいただけましたでしょうか。

本作は、『小説家になろう』さまで連載していた作品を改稿したものです。当時の私は書籍化を夢見る人間で、けっこうな長い時間を作家志望者として生きていました。書籍化打診のメッセージを受けたときには、感動と喜びでガチ泣きしました。数多《あまた》あるｗｅｂ小説の中から、この作品を見つけてくださった担当編集さまには、最大級の感謝を申し上げます。

しかしながら、見つけやすいように浮上させてくださったのは、間違いなく読者の皆さま方でした。おかげさまで今日のこの日を迎えることができました。ありがとうございます！

そして、美麗なイラストでこの作品を彩ってくださったｔａｎｕ先生、先生のイラストを見る度に心躍り、元気になれました。感謝の気持ちでいっぱいです。このお話を一冊の本にするために尽力くださった関係各位の皆さまにも御礼申し上げます。ああ、もっと言いたいのに文字数がー。

本作は、コミカライズ企画も進行中です。私もとても楽しみにしています。

では、二巻でもまたお会いできますよう、心より祈っております。ありがとうございました！

新道梨果子

Kラノベブックスf

姉《あね》の代《か》わりの急造《きゅうぞう》婚約者《こんやくしゃ》ですが、辺境《へんきょう》の領地《りょうち》で幸《しあわ》せになります！
～私《わたし》が王子妃《おうじひ》でいいんですか？～

新道梨果子《しんどうりかこ》

2023年9月28日第1刷発行

発行者	森田浩章
発行所	株式会社 講談社 〒112-8001　東京都文京区音羽2-12-21
電　話	出版　(03)5395-3715 販売　(03)5395-3605 業務　(03)5395-3603
デザイン	C.O2 design
本文データ制作	講談社デジタル製作
印刷所	株式会社KPSプロダクツ
製本所	株式会社フォーネット社

KODANSHA

ISBN978-4-06-533409-6　N.D.C.913　291p　19cm
定価はカバーに表示してあります

ファンレター、
作品のご感想を
お待ちしています。

あて先
〒112-8001　東京都文京区音羽2-12-21
(株) 講談社　ライトノベル出版部 気付
「新道梨果子先生」係
「tanu先生」係

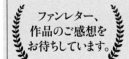